瑞园居随笔

杨凤阁 著

大象出版社

图书在版编目（CIP）数据

瑞园居随笔/杨凤阁编. —郑州：大象出版社，
2012.11
ISBN 978-7-5347-7196-5

Ⅰ.①瑞…　Ⅱ.①杨…　Ⅲ.①随笔—作品集—中国—当代　Ⅳ.①I267.1

中国版本图书馆 CIP 数据核字（2012）第 039015 号

责任编辑	郑强胜
责任校对	李建平
封面设计	美　霖
版式设计	王　敏
出　版	大象出版社（郑州市开元路18号　邮政编码450044）
网　址	www.daxiang.cn
发　行	河南省新华书店
印　刷	河南省瑞光印务股份有限公司
版　次	2012年11月第1版　2012年11月第1次印刷
开　本	890×1240　1/32
印　张	7.875
字　数	145千字
定　价	32.00元

若发现印、装质量问题，影响阅读，请与承印厂联系调换。
印厂地址　郑州市二环支路35号
邮政编码　450012　　　　电话　（0371）63956290

序
王继兴

捧读杨凤阁先生《瑞园居随笔》一书的清样,心头不禁一阵惊喜:杨总终于出书了!该赞,该贺!

正是:

乐于为人作嫁衣,自甘弓背当人梯。善将白发唱黄鸡。

一腔真情化心香,五洲萍踪印雪泥。华笺任君纵横笔。

(试寄"浣溪沙")

凤阁先生是河南荥阳人,1956年考入北京师范大学历史系,是我国著名史学大师白寿彝、何兹全两位老先生的得意弟子。毕业后留校任教,又和这两位史学大师同在一个教研室。在光辉楷模的示范下,他兢兢业业,孜孜以求,甘为蜡烛,乐当人梯,其粉笔生涯连绵度过了十六个年头。1976年,他调回河南,曾出任河南省新闻出版局局长、河南人民出版社社长兼总编辑,他不仅挺身负责管理,而且伏身认真编书,把河南的出版业搞得红红火火,声誉

遐迩！1990年,在那个特殊的时段,省委又特意作出决定,特意调他到河南日报社出任总编辑。新闻对凤阁先生来说,又是一个全新的领域,他勇挑重担,知难而进。在出版社,年年制订计划,月月确定选题,八方走访作者,精心审订书稿,好书出版了万万千千,他自己却只出版了《三年靖难战争》等4本小书。在报社,研究报道方案,带领记者采访,字斟句酌稿件,秉灯审签大样,堪称信息密集,责任重大,争分夺秒,晨昏颠倒！报纸一天出许多版,一月一沓厚厚的合订本,他一直干到年逾花甲退休,都是在为人作嫁衣！所以我说"乐于为人作嫁衣,自甘弓背当人梯",以此来概括凤阁先生大半生的人生生涯,是一点也不过分的！

凤阁先生终于出书了！收在这个集子里的作品,我看大多都是他从河南日报社总编辑岗位退下来以后撰写的。苏东坡当年被贬黄州期间,一次游览蕲水(今湖北浠水县)清泉寺,看到一条名叫兰溪的小河从东向西流淌,顿有所感,遂写一首《浣溪沙》:"山下兰芽短浸溪,松间沙路净无泥。萧萧暮雨子规啼。谁道人生无再少？门前流水尚能西！休将白发唱黄鸡。"凤阁先生"东隅"期间甘作蜡烛、甘为人作嫁衣,"桑榆"之时伏案耕耘、奋笔著述,确是"善将白发唱黄鸡",仅此就很感人！他的实践证明,人生可以再少,流水能够向西,这对许多老年人都是有启发意义的。

凤阁先生从河南日报社总编辑岗位退下来以后,虽然还在省人大任着要职,但与过去比,不仅有了较多的余暇可以"读万卷书",而且有了较多的机会可以"行万里路"。从这个集子荟萃的随笔可以看到,他足迹处处,萍踪很广。从大河上下到大江南北,从神州大地到欧美国家,岁月赋人缤纷意,"华笺任君纵横笔"！其中,既有对国内民生、民情、民事、民意的考察,也有对域外政体、经济、文化、风情的掠影。他勤于观察、勤于思考、勤于笔耕,几乎足迹所至,便有笔墨所凝。读读他笔下的山水风光,便觉诗涌画展,魅力无穷;读读他笔下的人物素描,便觉惟妙惟肖,生动传神;读读他笔下的图书评论,便觉中肯贴切,言简意赅;读读他笔下的异域见闻,便觉新颖深刻,情趣盎然！由于他对历史有极其深厚的积淀,所以,他的笔触一旦涉及历史,更是溯往钩沉,有论有据,如江河之流,波翻浪涌,洋洋洒洒,有很强的可读性。凤阁先生还极重情谊,他笔下的同乡情、同学情、同事情、同志情,都写得既朴实,又十分动人！该集的开头几篇,写的是师生情,他用饱含着泪水的笔墨,且仰且慕、如泣如诉地缅怀他的恩师白寿彝、何兹全两位老先生,实如心香一炷,绵绵无绝,即使掩卷,我国这两位史学大师的凛然风骨、冰雪情操、治学精神和学术品格,也会像两尊巍巍雕像永远矗立在心头……

论岗位,他是上峰,我是下属,他是我的直接领导,我们是新闻这块舆论阵地上的亲密战友;论居住,他住三楼,我住四楼,我们同楼同门,是只隔一层楼板的"芳邻";论年龄,他长我四岁,却志笃意合,情同手足。当年,为申请创办《大河报》,我们俩一同到京城奔波,夜里共住北京日报社的一间小小客房。我们议论风生直至深夜,心潮澎湃总难平息。他吃了两片安定暂不做声了,我辗转反侧仍无睡意,曾伸手在我们公用的床头柜上去偷摸他的安定吃……许是这种特殊情谊,他的书稿清样打出之后,愿意让我当第一位读者来饱享大作的第一缕墨香,我自然十分感激。他还希望我写点文字放在正文之前作为"开场锣鼓",这种信任让我受宠若惊!自古道:恭敬不如从命。于是,我有此赘语,聊充序言。

2011年10月于松月斋

目 录

寿彝师的最后教诲……………………………… 1

巍巍乎，白寿彝

　　——人品为中原骄傲　史德成学界楷模……… 6

为何师寿 ……………………………………… 15

一生爱国　关心政治　与时俱进

　　——读何兹全著《爱国一书生》……………… 21

永葆学术青春的史学大师

　　——庆祝何兹全先生90岁论文集……………… 30

大学生活拾零 ………………………………… 36

李长春和河南红豆妹 ······ 45
良媒良缘　豫苏携手
　　——河南各市地与江苏各市互结对子记略 ······ 48
希望在山　潜力在林
　　——省人大常委会部分委员视察嵩县、栾川林业小记 ······ 51
党委如何领导报纸
　　——从一位市委书记的看法说起 ······ 55

接受美联社记者采访 ······ 60
托起朝阳
　　——禹州助学助教基金会二三事 ······ 67
成吉思汗及其陵园 ······ 70
中原汉　边疆魂 ······ 76
观庙衙署嘉应观 ······ 83
与时俱进的岳麓书院 ······ 90
山南——藏民族的精神家园 ······ 95

想起一九〇〇年 ······ 104
"北京的敦煌"——云居寺 ······ 107
"佛指舍利"答客问 ······ 118
喜看毛书"实事求是"石刻 ······ 125

感受维也纳议会 ·· 129
访欧琐记 ·· 134
旅美琐记 ·· 153
会见何礼仕议长 ·· 162
建立相互补充的经贸关系
　　——一位韩国经济界人士对中韩经贸关系的分析 ········ 167

请看这一家 ·· 173
可贵的启迪 ·· 176
我这两年多 ·· 179

新闻队伍作风建设三议 ······································ 183
老陈，我们永远记着你！ ·································· 188
坚持正确舆论导向　服务改革发展稳定 ············ 194
对张光辉的新认识
　　——《为之则易》读后 ···································· 201
评《汴梁晚报》 ·· 207

认识要达到这样的高度
　　——也谈"非典"带来的启示 ························· 220

闲话"小费"……………………………………………226
舆论学研究的重要成果
　　——《舆论与信息》简评………………………229
关于青少年出走问题之我见………………………232
有话说给工人听……………………………………238
因小失大的蠢事干不得
　　——从禁止发菜市场说起………………………241

后记…………………………………………………243

寿彝师的最后教诲

2000年3月23日,上午我在省人大开会,下午才看报纸。《光明日报》第三版,"著名史学家白寿彝逝世"几个黑字刺进眼睛,我一下子呆了。寿彝师是开封人,曾在河南中州大学念书,在河南大学教书,多年为河南选出的全国人大代表和人大常委,是我的恩师。文中说:"中国共产党党员,著名史学家、教育家、思想家和社会活动家,北京师范大学教授、博士研究生导师白寿彝先生于3月21日23时35分在北京逝世,享年91岁……"

啊! 敬爱的白寿彝老师走了,离开他的史学研究和教育事业,离开他的书房,离开他的亲人,离开他的朋友和学生,真的走了。史学界又失去一位大师,从此再也不能聆听先生的教诲和批评了!

1956年,我考进北京师范大学历史系,毕业后留系教书。寿彝师多年是我的教研室主任、系主任。"文革"后期林彪摔死以后,根据寿彝师的倡议,北师大组建由先生主持的"中国通史编写组",寿彝师要我协助他做组里的事务工作,直到1976年3月我调回郑州。"通史编写组"就是北师大史学研究所的前身。是先生把我领入史学领域,教给我许多为人处世的道理。回郑以后,尽管改做出版和新闻工作,但只要有机会,我总要去看望先生,趋前受教。特别是最后一次先生对我的教诲,仍言犹在耳,宛如昨天。

1989年作者在白寿彝先生家中,中为白寿彝先生,左为何兹全先生

那是1997年10月初,我在北京参加中国记者协会常务理事会,抽空回母校看望老师。第一家是何兹全老师和师母郭良玉老师。兹全师比寿彝师小两岁,长期是我的教研室主任、系副主任,是汉魏封建论学派的创始人,在中国古代史诸多领域,辛勤耕耘60载,研究成就举世瞩目。我对何师和师母既有对师长的尊敬,

又有对长辈的亲情。因此谈话内容广泛,亲切随便。我说还要去看白先生,何师说有一些时日没看白先生了,一起去吧。师母给了我一挂很好的香蕉,让带给白先生。

寿彝师原来住在校外,"文化大革命"以后才搬到校内的"教授楼"。这幢楼建于20世纪50年代初期,现在不仅"赶不上形势",甚至显得有些破旧。虽然是4居室,但客厅很小,熟人去了,一般就在卧室见面。看到我们,先生很是高兴。先生的助手、女弟子刘雪英副教授倒了茶水,师生几人落座说话。我首先向先生请安,问候起居饮食。先生说:"能吃能睡,脑子也好使,大夫告诉我内部器官没大毛病,就是两条腿不争气,不能走路。"

先生身体一直很好,只是有多种眼疾,严重影响视力。记得早在1964年的欢迎新生大会上,先生作为历史系主任讲话时,就诙谐地说:"路上碰到我,你们打招呼,如果我没有回应,可不是我架子大,我眼睛不好,看不清呐!"大约是20世纪80年代,有几年视力坏到不能看书,著述只能口述,由助手雪英同志代笔,必须查的资料,也是告诉某书某卷,请助手去查。就是在这样的情况下,主编12卷本22册《中国通史》和其他科研项目,仍然坚持照常进行。对先生这种毅力和精神,史学界无不敬佩,特别是我们这些学生。公道地说,长年做先生的助手,帮助先生接待客人、处理琐事的雪英同志,也功不可没。我对雪英同志既钦佩又感激,每次见她都要表达上述意思。

记得有一次我去看望先生,曾问道:"不能看书,会很着急吧?"先生的回答大出意外:"急是有一点。不过不能看书也有不能看书的好处。能看书时忙于看,忙于写,有的问题实际上没有细细消化。不能看书了,自然常常思考问题,这才发现过去对某些问题并没有弄透。你不知道,有时想着想着,对某个问题会豁然贯通。这才真体会到做学问也像牛吃草,要有反刍,也就是倒嚼功夫。"后来先生做了白内障切除手术,视力有所恢复,勉强能够看书著文。有意思的是,刚恢复视力时却不认识人了。以前是凭口音辨人,先生头脑中熟人的形象是多年之前的,所以见了人往往说:"这是你吗?怎么这样!"

话说远了,再扯回来。先生虽然由于腿疾不能外出走路,但在室内还可走动。使我高兴的是,先生仍然精神矍铄,思维敏捷,听力虽然稍差,对话者只要声音稍高一些,即可愉快交谈。先生问我:"现在读什么书?"这里的"书"不是随便看的书,而是研究问题时用心读的史书。何先生体谅我,怕我不好回答,就出来打圆场说:"这些年凤阁办报,担子很重。刚从总编辑岗位上退下来,报社还有工作,又有人大的事儿,忙着呢。"我心想,坏了。果然,先生慈祥随和的面色变得严肃起来。"你比(毛)主席还忙?"我赶快检讨:"主要是懒,不刻苦,再一个是没有明确的方向和目标,零敲碎打,收获甚微。"看到我没有为自己开脱,先生的严肃之相才缓了过来。不敢多打扰,怕累着先生,大约谈了不到一个小时,就告辞出来了。

"现在读什么书?""你比主席还忙?"这成了寿彝师对我最后的教诲。

回家以后,我对夫人,也是北师大历史系同班同学,对两个孩子都讲了寿彝师对我的严肃批评,如实地告诉他们,当时先生脸都有点拉下来了。再不有计划地认真读书,有何颜面再见先生。说实话,那时我的事儿还真不少;另外,方向和目标一时也的确无法确定。不过去年以来,已经在思考这个问题。首先是调查研究,翻检这些年重要的史书、文章,看看自己能够做些什么。一是有压力,二是以为身体精力还好,有时陷进去出不来,不由得睡觉就晚,加上旧疾,今年春节前几天竟被抓进医院,而且结结实实地给戴了两顶帽子。才60多岁,身体就这么不争气,莫非真要"老大徒伤悲"了!

然而,不管身体怎么样,还是要努力读一些书。不能做研究工作,可以走别的路子。就是有朝一日啥也干不成了,也还得读能读的书,以充实自己。

寿彝师最后的教诲,是留给我的座右铭,要牢记不忘,以告慰先生在天之灵。

巍巍乎，白寿彝

——人品为中原骄傲　史德成学界楷模

简介：

白寿彝(1909-2000年)，河南开封人，中国当代史学大师、教育家、思想家和社会活动家。在中国思想史、中国史学史、中国交通史、中国伊斯兰教史、回族史、中国民族关系史和史学理论方面，取得重大学术成就。主编的1400万字的《中国通史》(12卷)，于1999年出版。

本文标题为编者所加。

白寿彝在家中

哲学家冯友兰（左）与史学家白寿彝，两位河南籍大师的共同特点是以思想创新而独步学界

● "文革"中突然袭击考"教授"，他愤然拂袖而去。

● "四人帮"强令整理出版"法家著作"，他坚持"是什么就是什么"。

● 接受日本学者赠送的《中国通史》时，他实在"无地自容"。

● 以九十高龄完成主编《中国通史》，江泽民同志致信祝贺，几近失明的他终于瞑目。

2000年3月23日，得知白寿彝老师逝世的当天，我就写了一篇文章，记述先生对我最后的教诲。我在北师大念书、教书20年，先生长期是我的教研室主任、系主任，是先生把我领入史学领域。尽管1976年我回河南以后，改做出版和新闻工作，但寿彝师和其他老师教给我读书、做学问的路子以及对我的严格训练，是我能取得一点成绩的重要基础。

在这篇文章里，我想说一些在先生身边亲身经历的事情。

拂袖而去交白卷　凛然抗议考教授

"文化大革命"一开始，寿彝师就被戴上"资产阶级反动学术权威"的帽子，过起了"牛棚"生活。后来，先生被委派主持标点整理"二十四史"，这是"文革"之前毛主席就提出的任务，是一项有重要价值的庞大工程。之所以当时办这件事情，也是周恩来总理解脱一批老知识分子的苦心。先生和从全国各地抽调来的学术造诣很深的老教授，集中在中华书局工作，尽管条件十分艰苦，但不再遭受残酷的批判斗争，已经感到万幸。

在"评法批儒"运动中，"四人帮"百般美化秦始皇，作为反动行径的历史依据。这时候又需要学术权威了，点名要寿彝师写这方面的文章。但先生不按他们那一套，而是撰写了以历史唯物主义客观评价秦始皇的论文。这样的文章当然不准发表，但这件事显示了先生宁肯冒批斗危险，也要坚持史学家的科学态度和学术良心的高贵品格。

"文化大革命"中，曾经发生了在同一时间、以突然袭击方式考北京教授的事件。某天，北师大接到"上面"通知，要教授、副教授晚上到学校开会。那时，教授、副教授很多是"反革命"、"修正主义分子"、"反动权威"，最好的也不过是"臭老九"而已，谁个敢不提前到达！几乎从不到校上班的黎锦熙老先生，也按照通知颤颤巍巍地来了。得亏当晚"上面"派来的人还知道黎老同毛主席的特殊关系,说你不必参加了,回去吧。

哪里是开什么会,每人发了一份卷子,不管是搞什么专业的,一律照卷答题。寿彝师无法忍受这种故意的凌辱,一字不写,愤然拂袖而去,表现了学者的骨气。

抵制"评法批儒" 据实整理《史通》

经历过"文化大革命"的人,特别是知识界,大约还会记得,"评法批儒"期间,"四人帮"曾以很大精力组织整理出版"法家著作",而且以中共中央正式文件下达任务,文件首页印有"此件已经毛主席圈阅"的大字。刘知几的《史通》一书,列在计划整理出版的"法家著作"单子之内。

刘知几是唐朝史学家、著作家,年轻时曾在获嘉做官,后来长期担任史官。寿彝师是公认的研究刘知几的专家,著名老一辈马克思主义史学家侯外庐主编的《中国思想通史》,是思想史的权威著作,其中刘知几部分就由寿彝师撰写。于是,整理《史通》的任务落到先生身上。先生认为,战国秦汉是有儒法斗争,其后虽然存在法家思想的影响,但哪里有什么被眼下炒得沸沸扬扬的"儒法斗争"？刘知几有进步思想和批判精神,是第一位系统评论、总结以往中国史著的史家,他关于历史观、史家修养、史书编纂的论述很有价值,但不能说是"法家",《史通》也自然不是"法家著作"。

先生表示自己不能承担上述任务，为此再次遭到批评。

为校点、注释《史通》，根据文件要求，北师大组织了专门队伍，由"工人阶级毛泽东思想宣传队"领导，还从校外抽调若干工人来"掺沙子"。"文革"之初，我被冲了两下。由于年纪轻，出身经历没有问题，戴不上什么帽子，但缺乏"造反"精神，就被晾了起来，这时也进了"史通组"，并负责组里事务工作。《史通》论及诸多史著，刘氏喜欢骈体，爱用典故，像我这样的年轻教师读起来都很吃力。这可苦了那些"掺"进来的工人师傅，他们热情很高，责任感很强，就是很多字不认识，认识的字很多不知道什么意思，这样何谈整理？只好先给他们一字一句讲解，一起"讨论"文章的意思和"意义"，然后著为文字，再行"讨论"。

既然是"法家著作"，必须有"法家观点"、"法家精神"及其意义。但是这些硬加上的不实之词，到了先生那里常被删掉。我知道先生的观点是完全正确的，但对当时"四人帮""评法批儒"的险恶用心缺乏认识。我对先生十分尊敬，反复琢磨怎样协助先生"完成"这一无法完成的任务。有一次我私下对先生说，"梁效"的观点咱们尽量避开，但也不直接针锋相对，以免造成"麻烦"，这样考虑行不行？"梁效"者，北大、清华两校大批判组也。"梁效"大文一发，全国军民学习，都知道那是"四人帮"的御用写作班子。先生当然明白我的好意，更清楚"麻烦"之所指，但他只平静地说："是什么就是什么。"在当时的政治环境中，这句话的分量，若非亲身经历"文化大革命"的知识分子,恐怕难以揣量出来。

历经磨难雄心在　耄耋之年展宏图

林彪"折戟沉沙"之后,1972年召开了全国出版工作会议,这是周恩来总理为挽救文化、保护知识分子的又一重大举措。周总理在会上提出要写一部中国通史。国家出版局为此两次组织写作班子,都没有成功。这时先生开始考虑编著中国通史。一个号称历史悠久、史书对历史的记载从无间断的泱泱大国,却没有一部能通下来的通史著作,作为历史使命感很强的史学家,先生深感责任重大。先生曾对我讲过,1962年参加在巴基斯坦的达卡召开的国际史学家会议时,巴基斯坦朋友表示希望得到中国出版的中国史著作。1974年,先生在巴基斯坦又遇到史学界的朋友,人家打听关于中国史的新著,"我无话可说,心里非常难过!"记不准是1974年还是1975年,先生访问日本时,日本史学家赠送一部《中国通史》,先生受到强烈刺激。一次我去看望先生,先生拿出该书让我看。皇皇十卷巨著,图文并茂,装帧精美,而且一直写到"文化大革命"。先生十分感慨地说:"有优良学术传统的这么一个大国,现在除了小开本的《新华字典》,没有一部可以赠送国外学者的书,实在无地自容。"在当时"打倒一切"的背景下,书刊都被戴上"封资修"帽子,怎敢对外赠送?大约在此前后,北师大接受先生的建议,组建了由先生领导的中国通史编写组,并从校外借了几位史学家参与此事。我负责协助先生做组里的事务工作,直到1976年我被调回郑州。

先生的书籍文稿在"抄家"中全部失散。先生没有在藏书上签名的习惯,大部分无法找回,这是学者的最大损失。与先生亦师亦友的老一辈著名学者楚图南先生对寿彝师说:"你还是'棒劳力',可以为史学做很多事,我的史书送给你吧。"这样先生才又有了"书房",但总不如自己的书用起来熟悉。粉碎"四人帮"时,先生已是奔70岁的老人,又长期为眼疾困扰,视力很差。尽管如此,先生却焕发了学术青春,仍然雄心勃勃,计划编著小型、中型、大型三部中国通史。

中型本先动手,大约250万字的稿子完成后,寿彝师对创新和质量都不满意,毅然舍弃不用,充分显示了历史责任感和严肃的学风、巨大的气魄。1977年开始筹划小型本,成稿时定名为《中国通史纲要》,27万字,1980年由上海人民出版社出版,大受读者欢迎。先后印刷20多次,发行近百万册,并被翻译为英、日、法、德和西班牙等多种外文本,向国外发行。接着编著大型本。这就是1999年4月由上海人民出版社全部出齐的《中国通史》,12卷,22册,1400万字。这年先生整90岁,它是最有意义的生日礼物。这期间先生还发表了多篇影响很大的论文;出版了几部特色鲜明的专著,如《史学概论》《中国史学史》《历史教育和史学遗产》《白寿彝民族宗教论集》《白寿彝史学论集》等;同时主编季刊《史学史研究》。

呕心沥血著《通史》 鸿篇巨制有典型

寿彝师是名副其实的《中国通史》总主编。先生不仅统揽全局,开创体制,提出并实施自己对中国通史总体性的理论认识和编纂设想,还亲自撰写若干篇章,又仔细审读、增删、改定全部书稿。我的另一位恩师何兹全先生,是汉魏封建论学派的创始人、著名老一辈史学家,长期担任北师大历史系副主任,和寿彝师共事50年。他曾深情地对我说:"现在有些主编是挂名的,什么事情也不做。白先生是真正的主编,不仅总体设计,创制体例,而且亲自撰稿,一字一句地审稿,一字一句地修改,这是我亲眼所见。"

一位八九十岁的人,这是在拼老命啊!1972年,和先生长期共患难的师母王慧萍去世,先生在感情上遭到深深的创伤。1992年,第二位师母逝世。先生的子女虽然孝顺,尽可能照顾先生,但各有工作,都有家事,有的还在外地,不可能朝夕侍奉,只好由保姆安排先生日常饮食起居。只要有饭吃就行,先生生活上几乎没有什么要求。先生晚年仍然能吃能睡,思想活跃,思维敏捷,但是长期高度近视,患核状白内障,20世纪80年代以后视力极差。进入90年代,两腿无力,后来不能出户,只会在室内走动。以这样的身体而坚持著述不懈,要有多大的毅力,要克服多大的困难!80年代初,先生想用录音机帮助写作,不习惯。"它在那儿转,我跟不上,有压力,不能从容地把意思说出来。"后来找了一位年轻助手来做笔录,"我怎么说,她怎么写,效果很好。她写得慢,好嘛,她在那儿写着,我在这儿想着。在有准备的情况下,一个上午可以写3000字。"有一时期,先生双眼几近失明,就请助手反复诵读,完全通过思维能力组织文稿的写作和审定。

作为寿彝师"学术成就的典型代表"的《中国通史》,学术界评论说:"这部书表现出了独到的理论见解和新颖的表现形式,是本世纪最大规模的史学著作之一,无论是在思想观点还是在具体研究等方面,都反映了中国马克思主义史学的最新研究成果。"在去年寿彝师90寿辰和《中国通史》出齐时,江泽民同志致信先生,表示祝贺,肯定"《中国通史》的出版,是我国史学界的一大喜事",称赞寿彝师"耄耋之年,仍笔耕不辍,勤于研究,可谓老骥伏枥,壮心未已"。

司马光主编《资治通鉴》,历时19年。书成稿后,在给宋神宗的《进书表》中,他说为修此书"研精极虑,穷竭所有。日力不足,继之以夜"。长期呕心沥血,使他"骸骨癯瘁,目视昏近,齿牙无几,神识衰耗"。此后不到两年,便溘然长逝。但他留下的不朽巨著,传至久远。寿彝师主编《中国通史》,19年全书出齐。《中国通史》展示了先生的学术造诣、开创精神、宏大气魄、坚强意志和组织能力,也使先生心血熬干,走到了生命的尽头。作为学生,我为此自豪,也为此痛哭!

(原载《河南日报》2000年6月16日)

为何师寿

1989年作者与何兹全师、郭良玉师母在北师大红楼前

2001年9月是史学大家何兹全先生90寿辰。我在北师大历史系读书、教书时，先生是系领导，一度还是我的教研室主任。无

论我在校教书还是回河南工作以后,先生始终给我极大的关怀、指教和支持。我以这篇短文为先生寿。

先生1911年9月7日生于今山东菏泽市,1935年毕业于北京大学史学系,先后就职于中央大学历史系、中央研究院历史语言研究所,曾经留学日本、美国。1950年回国后,一直在北京师范大学历史系做教学和研究工作。先生早年成名,1934年在《中国经济》月刊发表的《中古时代之中国寺院》,就受到北大教授的青睐和称赞。从1933年发表第一篇史学论文起,先生已经在史学园地辛勤耕耘了近70年,成果丰硕,史界公认,学林瞩目。

先生学术视野高阔,用力最勤的主要有三:一是中国社会史(古代中世纪),二是汉唐佛教寺院经济,三是汉唐兵制。早在20世纪30年代,先生就在上述领域提出了许多开创性的见解,几十年来,在坚持主见的同时,又不断探索、创新、深化、完善,至今笔耕不辍,屡有创建,在这些方面仍然处于领先地位,这是十分难能可贵的。而中外史家最为关注的,是先生关于中国古代中世纪社会经济史的研究,这集中表现在他所开创并一直坚持的汉魏封建论学派。

对于中国古代和中世纪社会,先生提出了体系完整的独到见解,这是他对中国史研究的最大贡献。先生不是从某一方面或某些方面,而是从经济基础到上层建筑的各个方面,进行全面、深入的探讨,又与欧洲古代中世纪作比较研究,成就了自己的一家之言。这方面的代表力作是1991年河南人民出版社出版的《中国古代社会》,它的问世引起国内外史学界和学术界的广泛关注与强烈反响。

先生对中国古代中世纪的见解,概括起来要点如下:(一)殷周时期:是部落国家或早期国家时代。氏族制度在逐步分解,出现了氏族贵族和平民,但是以血缘关系为纽带的氏族部落、部落联盟仍然是社会组成单位。夏、商、周实际是先后发展起来的部落联盟,周朝在血缘分封和宗法制度之下,逐渐向国家过渡。(二)战国秦汉时期:是古代社会,即一般所说的奴隶社会,而且很典型。小农和小农经济是社会基础,城市交换经济兴起并继续发展,小农因受压迫和剥削,被迫离开土地流亡,卖为奴隶,扩大了奴隶劳动。贫富对立日益显著,城市支配农村,是时代的显著特点。(三)东汉魏晋时期:是古代社会向封建社会转化的时代。以下四个方面的发展变化非常明显——城市交换经济衰落,农村自然经济发展,并逐渐居于支配地位;劳动者由编户齐民、奴隶向部曲、客、依附民转化,人身依附、等级化、贵贱很分明;社会矛盾由土地兼并到人口争夺;从流民向地主发展。这些也就是汉魏封建论的主要观点。

正如先生所说:"汉魏之际,社会经济有变化,这大约是研究这段历史的人都能看到的,因为这是历史事实。但认识这变化是由古代到封建的社会形态的变化而又给它以系统的理论说明,并以可靠的历史文献证成其说的,大约我是第一人。"

先生的学术风格有其显著特点,这就是:既开拓创新,又择善固执;宏观微观并重;理论材料并重。对中国社会史、佛教寺院经济、兵制的研究,都表现了他的创始、突破和开拓精神。几十年来虽然不断深化完善,但汉魏封建论一直坚持,即使在不正常的社会和学术环境中,在强大压力之下,也不为所动。善于抓大问题,研究的题目都是有关国计民生、反映时代面貌的荦荦大者。继承了中国史学的优良传统,重材料,勤考证,务必把问题本身考订清楚。先生早在20世纪30年代就接受了近代西方史学的影响,更接受了马克思主义历史理论的训练,观察问题既重视宏观,也重视微观,而且注意全面看问题,从发展上看问题。

下面我要说说先生对河南出版工作和对我的关怀与支持。1976年,我从北师大回到郑州,改做出版工作,直到1990年。我的同事无论是谁,也不论为什么事儿,只要想见先生,先生和郭良玉师母无不热情接待,如有请求也一定尽力满足。先生把有重大影响的《中国古代社会》交给我,让河南人民出版社出版,足见对河南人民出版社的厚爱。先生还为河南人民出版社主编了《东西方文化研究》(丛刊)《中国历代名师》《中国历代名僧》等几部书。师母的《平庸人生》等两部书稿,二老的儿子、北京大学副校长何芳川师弟的《太平洋贸易网500年》等,也都是交由河南人民出版社出版的。先生一家三口还为河南人民出版社出主意,介绍书稿。大约是20世纪80年代中期,河南人民出版社想出版周一良先生主编的《中外文化交流史》，我通过熟人联系不果，何师知道后就带我去看周先生。两位老友见面欢谈甚洽之时，先生说："凤阁，你不是有事要对周先生说吗？"我讲了以后，周先生痛快地说："好，稿子你拿去吧。"就这样，河南人民出版社又出了一部很有影响的著作。

特别是河南人民出版社文史编辑处的同仁，与先生的感情更为深厚。在他们眼里，先生不仅是大作者、大学者，还是可敬可亲、可以依靠的长辈，从老一茬儿到新一茬儿，几乎人人都是先生家的常客。他们甚至不无自豪地说，何先生家是咱的"联络站"。凡是进京，看望先生和师母是必有之义。只要进家门，一定得吃饭，而且得把肚子吃得鼓起来，否则师母就不高兴。二老待我们犹如亲人，在那里无拘无束，甚至没大没小，谁都是高高兴兴进家，欢欢喜喜出门。特别是师母，我们在她眼里都是孩子，张口闭口"小张黛"、"小继红"、"小锦寰"，甚至还亲昵地喊几声"乖乖"呢。

有一幕场景至今在我脑海里栩栩如生。也是20世纪80年代中期，河南人民出版社计划出版一套"历史研究入门"丛书，在北师大召开各册主编座谈会，京、津、湘、吉、豫等地的史学名家齐世荣、龚书铎、刘家和、王桧林、林增平、朱寰、朱绍侯先生等与会，当时特请先生到会指导。我和文史处的陆树庆、张黛等张罗其事。晚上先生请所有人员吃饭，这是对后学的尊重，更是对河南人民出版社和对我的支持。先生住的是老式房子，没有客厅、餐厅，在只有六七平方米的方厅里，一张小桌和一件什么家具拼在一起，铺上塑料布就成了餐桌。十多人挤着围桌而坐，先生的博士生下厨掌勺，我们几个编辑端盘送碗。所有客人在先生面前都是后学，或者是他的学生的学生，为了活跃气氛，先生带头说说笑笑。那些平素学风严谨、说话周严的学者此时个个换了面孔，都成了幽默大师。学界逸事、高校趣闻，你一个掌故，他一个故事，睿智风趣的如珠妙语，不时引起朗朗笑声。一些人禁不住笑得前仰后合，甚至眼泪都流了出来。有时刚静一会儿，某人想起刚才的绝妙笑料，要笑又想忍住，憋不住还是扑哧笑了出来，大家看到他那窘态又是一阵哄堂大笑。真可谓：欢声笑语动屋瓦，师友餐会意无穷。特别是几位年轻人兴致更高，都说这是从未有过的精神享受，痛快！痛快！由此可见先生的慈祥、随和，与后学小辈的亲密无间。

敬祝先生和师母精神愉快，健康长寿，永葆学术青春！

（原载《河南日报》2001年9月14日）

一生爱国 关心政治 与时俱进
——读何兹全著《爱国一书生》

2001年9月是何兹全老师九十华诞,我想写篇文章,表示对先生的敬意。春节过后又把先生所著《爱国一书生——八十五自述》读了一遍。这书是前年先生送给我的,扉页有先生手书"送给凤阁 兹全 1999.11.12"。当时就为它思想丰富、文字活泼所吸引,像当年听先生讲课一样,深入浅出,轻松愉快,引人入胜。这次重读,突出印象是:直笔纪实,袒露思想,个人融入时代,个人反映时代。这部书使人们看到了一个有政治抱负的爱国青年,怎样成为孙中山三民主义的忠实信徒,政治理论家、政论家、有独到见解的史学家,到批判国民党反动派,追随共产党,加入共产党,运用马克思主义唯物论、辩证法探讨史学理论,研究中国古代社会的史学大家的复杂、艰难甚至痛苦的历程。它不仅使我更深入认识何师,也使我进一步加深了对老一代知识分子的了解,对他们那个时代的了解。于是一个念头涌现出来,就写读这部书的感受吧。

2003年作者夫妇与何兹全、郭良玉先生在北师大

《爱国一书生·自序》中说:"我这人的好处是有理想,有事业心,有抱负,很想为国家为人民做点事。""一生爱国,关心政治,又一生离不开读书做学问,这就是我。"我认为这是《爱国一书生》的

灵魂,《爱国一书生》把作者活灵活现地画了出来。我要说:这就是我所了解的何兹全先生。

由于不是学术著作,"一生离不开读书做学问",在书里分量不大。但脉络清楚,主要学术成就和观点叙述简明扼要;而且有著作在,对中国古代社会有独到见解,最先提出并长期坚持汉魏之际封建论,为史学界公认。"一生爱国,关心政治",新中国的情况,我大体知道,很多人也了解。至于以前,虽听先生零碎说过,但实在有限。年轻时候,由于幼稚和当时环境造成的片面性与绝对化,对于从旧社会过来的老先生的经历,还往往不能正确认识。看一个人不能犯绝对化、标签式的毛病,应该放在他所处的时代,历史地、全面地去分析,这是历史唯物主义的基本要求。读《爱国一书生》,我在这方面是很有收获的。

何先生是山东菏泽人,北京大学史学系毕业。在旧中国先后担任《教育短波》《政论》两个刊物的重要负责人和撰稿人,历史语言研究所史学研究人员。解放后长期在北京师范大学教书,曾任历史系副主任、校工会副主席等职。

有理想,有抱负,关心政治,是何先生不同于一生潜心学术者的显著特点。1926—1927年,北伐军的胜利,使他非常兴奋,每天都迫不及待地读报纸,后来索性去报贩子处取报。他每天跟着北伐军的进展查地图,政治知识、地理知识跟着北伐军进步,"我的心和热情也跟着北伐军的前进而沸腾"。(本文所引,全出自《爱国一书生》）就是在这样的思想情况下，一个16岁的何姓学生参加了国民党。"四一二"事变以后，这个学生不赞成共产党的阶级斗争，也不赞成蒋介石屠杀共产党员，背叛国共合作，于是加入汪精卫、陈公博、何香凝领导的国民党改组同志会。1935—1936年，在日本留学的大半年已是日本侵华战争的前夕，蒋介石还在剿共，"我忽然清醒了……认为蒋介石是千古罪人。这时，是我感情上最靠近共产党的时期"。回国之后，何先生在《政论》和《教育短波》上发表了不少时事和政论性文章，"抗日，国共合作，反对剿共，反对独裁，主张民主"是先生当时办刊、撰文的指导思想。

抗战后期，何先生对国民党感到失望。日本投降后，国民党反动派利用和谈准备内战，他的思想离开了国民党。1947年在美国留学时，由赖亚力介绍，加入中国国民党革命同志会（民革）。当时，哥伦比亚大学中国留学生组织的"中国新文化学会"、中国留学生学生会等，据说都通过唐明照接受中国共产党的领导。何先生参加了这些组织，还继唐敖庆之后，担任哥大中国留学生学生会主席。这时，他"终究从矛盾、痛苦中走出来，走上一条从头开始的新路——和国民党诀别，依附共产党"。新中国成立后，先生毅然回国，"跟共产党走"。

一个人的理想、抱负，必须符合国家、民族的需要，符合先进阶级和广大人民群众的根本利益。而青壮年时期的何先生却没有今天青年的环境和条件，他要在复杂环境和多种思想、路线当中思考、探索。大革命失败之后,政治大分化,国共双方兵戎相见。何先生是"孙中山的国民党的立场,认为中国的革命是国民革命,救中国的道路是民主主义的道路"。抗日战争爆发后,在大敌当前,民族生死存亡的关头,他"希望或幻想……把贪污腐败的国民党改变成革命的国民党……把国共的矛盾斗争,由革命、反革命之争变为革命领导权之争;把战场上的厮杀变为议会中的辩论"。抗战头两年他在《政论》和《教育短波》上积极宣传上述主张;"站在国民党三民主义的立场,善意地和共产党争论革命问题"。这些文章据说得到"国民党当局的赏识"。因而,"共产党的刊物还送了我一顶帽子——新陶希圣主义"。直到在美国加入民革,"跟着共产党走,和国民党对着干"时,何先生"思想上却仍是一个自由主义者","思想深处仍在希望社会主义和自由主义的结合,出现新局面"。

可贵的是何先生有个主心骨——热爱祖国。他宣传上述主张时,以为对国家是有利的。他的幻想破灭时,为了国家,敢于承认那些主张是不切实际的,根本无法实现,于是从头开始,走上新路。1941年皖南事变后,先生的幻想已逐渐破灭。在美留学期间,看到国民党灭亡的大势已定,内心感到痛苦。因为"蒋介石的灭亡,对我来说不仅是蒋介石的灭亡,而是我自动参加的国民党的灭亡,三民主义道路的灭亡"。然而,"我虽然痛惜国民党的失败,我爱的是国家,我应该接受既成事实,希望共产党把国家建设好"。

何先生决定回国时,思想经过痛苦的斗争。政治上有"新陶希圣主义"的帽子,学术上是陶希圣的学生,"地道的'食货'派,这样一个人,回国行吗?""决定我回国的力量是'爱国',是'祖国'这两个字的'神圣'力量把我这游子召唤回来的。"流落欧美的一位白俄大史学家 M. Rostovtzeff 临去世时说了一句很伤感的话:"我是一个没有祖国的人!"何先生说,有祖国的人是没法体会一个没有祖国的人的感情的;中国知识分子不应该走"老毛子"的路。他初步认识到要想国家安定,力量都用到祖国的建设事业上,使祖国富强,脱离落后受欺负的苦海,"只有牺牲脑袋里的个人民主,真诚彻底地向共产党投降,换取共产党的宽容,在共产党领导下建设祖国"。在写这部书时,先生深有感触地说:"投降思想,回国后几十年挽救了我,救了我的政治生命,也救了我的学术生命……几十年的历次政治运动……我都走过来了,很少受冲击,更没有倒",不像有些人"多了一根'反骨'——资产阶级民主,两党制"。

的确是这样。回国之后,何先生自觉"跟着共产党走,党说什么就是什么。如果有些想不通的问题,那正是要改造的资产阶级思想,就好好学习,好好改造"。1950 年,他到四川参加土改,受到深刻教育,"认识到知识分子是劳动人民养大的,应该对劳动人民有回报,为劳动人民服务"。朝鲜战争时,他不赞成中国出兵,觉得打不过美国,不如保鸭绿江国境线,但还是竭力拥护抗美援朝,把旧社会积累的19两黄金全数捐献出来。1952年"忠诚老实运动"中,他彻底交代了自己的历史问题。"文化大革命"时那么折腾,都没有查出一点漏掉的政治问题。在《爱国一书生》中,他倒说出有一点"隐瞒"——他保留有1942年陈独秀和他讨论国际形势的几封信,因怕牵连出政治问题,就说留在史语所,随衣物运到台湾了。"大跃进"时,他不仅参加师大校园的"炼钢"活动,还和学生一起去密云"大炼钢铁"。"暂时困难"时期,和国家同心同德,共渡难关。师母郭良玉体重由130斤饿成93斤,毫无怨言。而且"骨头还很硬",虽有私人零星卖鸡蛋的,因属统购统销物资,"不买!"儿子生病,以前的一位保姆买了一只鸡送来,"不吃!退回去!"当时我在系里教书,还可补记一事:先生把国家照顾自己的每天一斤牛奶,分半斤给一位教师的小孩儿吃。1964年,到陕南参加"四清运动",看到自己的工资和所在的一个队的总收入差不多,"是很惊心动魄受教育的……着实认识知识分子应为劳动人民服务,不能只贪图自己生活享受,忘了本"。甚至"文革"初期被揪出劳改时,还认为是"自己错了,教育制度有问题。揪出来劳改,应该……错了要负责"。后来到干校劳动,主动给各班分送报纸,为人修理马扎(一种简单的坐具),访贫问苦,做社会调查。当时我和先生在一个班,先生自觉"接受教育"的种种作为还历历在目。

尽管何先生"努力改造,但理想和现实的不合一,抵触是常常会发生的。对眼前的事物,常常觉得有问题"。直到改革开放以后,才改变了小心谨慎、"低头工作"的心态,还实现了长期追求的目标——加入中国共产党。本书最后一章记述了新的历史时期主人公意气风发,著书讲学的情况。先生总结自己的思想历程说:"我最初接受的是孙中山的民生主义,又接受考茨基第二国际的思想影响而形成的民主+社会主义思想。经过多年思想改造,也从另条道路,走上邓小平的有中国特色的社会主义道路上来。""我现在是生活在理想和现实合一的社会。现实,有中国特色的社会主义;理想,有中国特色的社会主义。理想和现实合一下,人是幸福的。"

写到这里,我内心既沉重又振奋。旧社会过来的知识分子,要和社会主义合拍,的确需要思想改造的痛苦过程。但是,不少磨难却是错误的方针政策造成的。特别是十年"文革",他们受尽侮辱,心灵和肉体遭到严重创伤,有的死于非命,含恨九泉。但是,他们仍然热爱祖国,坚持社会主义道路,和共产党一条心。《爱国一书生》说到中国民间文学的泰斗钟敬文先生被错划成右派时,有这样的话:"钟老对党太亲了。他说'亲娘打孩子,还有打错的时候'。我听了,很感动,真是想哭。"读到这里,我的眼眶也湿润了。我敬仰这一批不计个人恩怨,热爱祖国,和党同甘苦、共患难的专家、学者,我为中华民族有这样高风亮节的知识分子而骄傲!但愿今后他们可以得到理解、尊重和爱护,有较好的环境和条件,能够发挥所长,老有所为,老有所养,老有所乐!

我要以下面的话作为结语:衷心祝愿先生和师母以及他们那一辈的知识分子,心情舒畅,健康长寿!

永葆学术青春的史学大师
——庆祝何兹全先生 90 岁论文集

2001 年 9 月是史学大师何兹全先生 90 华诞,河南人民出版社以这部论文集向何先生表示诚挚的祝贺和崇高的敬意,并衷心感谢先生多年来对本社的关怀与支持。

出版社要我来作本书的责编工作,并执笔写一篇编辑后记。这是对我的好意,我也责无旁贷。1976 年到 1990 年,我在河南人民出版社和新闻出版局工作,就是在我主要履行局长职责时,也仍然参与历史书籍的策划和终审工作。我又是何先生的学生,尽管学得不好。1960 年到 1976 年,我先后在北师大历史系念书、教书,何先生是系领导,一度还是我的教研室主任,而且离校以后直到现在,先生一直给予我极大的关怀、指教和支持。我是以恭谨的心情做本书编辑事务的。

何兹全先生 1911 年 9 月 7 日生于今山东菏泽市,1935 年毕业于北京大学史学系,先后就职于中央大学历史系、中央研究院历史

语言研究所,曾经留学日本、美国。1950年回国后,一直在北京师范大学历史系做教学和研究工作。从1934年发表第一篇史学论文起,何先生已经在史学园地辛勤耕耘了将近70年,成果丰硕,史界公认,举世瞩目。

何先生学术视野高阔,用力最勤的领域主要有三。一是中国社会史(古代中世纪),二是汉唐佛教寺院经济,三是汉唐兵制。早在30年代,何先生就在上述领域提出了许多开创性的见解,几十年来,在坚持主见的同时,不断探索、创新、深化、完善,至今笔耕不辍,屡有创建,在这些方面仍然处于领先地位,这是十分难能可贵的。中外史家最为关注的是何先生关于中国古代中世纪社会经济史的研究,这集中表现在他所开创并一直坚持的汉魏封建论学派。

对于中国古代和中世纪社会,何先生提出了体系完整的独到见解,这是他对中国史研究的最大贡献。先生不是从某一方面或某些方面,而是从经济基础到上层建筑的各个方面,进行全面、深入的探讨,又和欧洲古代中世纪作比较研究,成就了自己的一家之言。这方面的代表力作是1991年本社出版的《中国古代社会》,它的问世引起国内外史学界和学术界的广泛关注与强烈反响。

何先生对中国古代中世纪的见解和当代众多学者多有不同,概括起来有如下几点:(一)殷周时期:是部落国家或早期国家时代。氏族制度在逐步分解,出现了氏族贵族和平民,但是以血缘关系为纽带的氏族部落、部落联盟仍然是社会组成单位。夏、商、周实际是先后发展起来的部落联盟,周朝在血缘分封和宗法制度之下,逐渐向国家过渡。(二)战国秦汉时期:是古代社会,即一般所说的奴隶社会,而且很典型。小农和小农经济是社会基础,城市交换经济兴起并继续发展,小农因受压迫和剥削,被迫离开土地流亡,卖为奴隶,扩大了奴隶劳动。贫富对立日益显著,城市支配农村,是时代的显著特点。(三)东汉魏晋时期:是古代社会向封建社会转化的时代。以下四个方面发展变化非常明显——城市交换经济衰落,农村自然经济发展,并逐渐居于支配地位;劳动者由编户齐民、奴隶向部曲、客、依附民转化,人身依附、等级化、贵贱分明;社会矛盾由土地兼并到人口争夺;从流民向地主发展。这些也就是汉魏封建论的主要观点。正如何先生所说:"汉魏之际,社会经济有变化,这大约是研究这段历史的人都能看到的,因为这是历史事实。但认识这变化是由古代到封建的社会形态的变化而又给它以系统的理论说明,并以可靠的历史文献证成其说的,大约我是第一人。"

何先生的学术风格有其显著特点,这就是:既开拓创新,又择善固执;宏观微观并重;理论材料并重。对佛教寺院经济和兵制的研究,乃至汉魏封建论的提出,都表现了他的创始、突破和开拓精神。几十年来虽然不断深化完善,但汉魏封建论一直坚持,即使在不正常的社会和学术环境中,在强大压力之下,也不为所动。善于抓大问题,研究的题目都是有关国计民生、反映时代面貌的荦荦大者。继承了中国史学的优良传统,重材料,勤考证,务必把问题本身考订清楚。何先生早在30年代就接受了近代西方史学的影响,更接受了马克思主义历史理论的训练,观察问题既重视宏观,也重视微观,而且注意全面看问题,从发展上看问题。

这里我必须说说何先生对出版工作,特别是对河南人民出版社的关怀和支持。无论是哪家报纸或出版社的什么人,也不论是为什么事情,只要想见何先生,先生和郭良玉师母无不热情接待,有所请求也一定尽力满足。何先生把有重大影响的《中国古代社会》交给我,让河南人民出版社出版,足见对河南人民出版社的厚爱。先生还为我社主编了《中国历代名师》《中国历代名僧》等3部书。师母郭先生的《平庸人生》等两部书稿,二老的儿子、北京大学副校长何芳川师弟的《太平洋贸易网500年》等,都是交由我社出版的。先生一家三口还为河南人民出版社出主意,介绍书稿。大约是80年代中期,我社想出版周一良先生主编的《中外文化交流史》,我通过熟人联系不果,何师知道后就带我去看周先生。两位老友见面欢谈甚洽之时,先生说:"凤阁,你不是有事要对周先生说吗?"我讲了以后,周先生痛快地说:"好,稿子你拿去吧。"就这样,河南人民出版社又出了一部很有影响的著作。

何先生是河南人民出版社的大作者、大学者,社领导和许多同志都到何先生家里去过,向先生请教,请先生支持。而对于文史编辑处的同志来说，何先生还是可敬可亲、可以依靠的长辈，从老一茬儿到新一茬儿，几乎人人都是先生家的"小"客人。他们甚至不无自豪地说，何先生家是咱的"联络站"。凡是进京，看望先生和师母是必有之义。只要进家门，一定得吃饭，而且得把肚子吃得鼓起来，否则师母就不高兴。二老待我们犹如亲人，在那里无拘无束，甚至没大没小，谁都是高高兴兴进家，欢欢喜喜出门。特别是师母，我们在她眼里都是孩子，张口闭口"小张黛"、"小继红"、"小锦寰"，甚至还亲昵地喊几声"乖乖"呢。

有一幕场景至今在我脑海里栩栩如生。也是20世纪80年代中期，河南人民出版社计划出版一套"历史研究入门"丛书，在北师大召开各册主编座谈会，京、津、沪、豫等地的史学大家齐世荣、龚书铎、刘家和、王桧林、朱绍侯先生等与会；特请何先生到会指导。我和文史处的陆树庆、张黛张罗其事。晚上先生请所有人员吃饭，这是对后学的尊重，更是对河南人民出版社和对我的支持。先生住的是老式房子，没有客厅、餐厅，在只有六七平方米的方厅里，一张小桌和一件什么家具拼在一起，铺上塑料布就成了餐桌。十多人挤着围桌而坐。先生的研究生下厨掌勺，我们三个编辑端盘送碗。所有客人在何先生面前都是后学，或者是他的学生的学生，为了活跃气氛，先生带头说说笑笑。那些平素学风严谨、说话周严的学者此时个个换了面孔，都成了幽默大师。学界逸事、高校趣闻，你一个掌故，他一个故事，睿智风趣的如珠妙语，不时引起朗朗笑声。一些人禁不住笑得前仰后合,甚至眼泪都挤了出来。有时刚静一会儿,某人想起刚才的绝妙笑料,要笑又想忍住,憋不住还是扑哧笑了出来,大家看到他那窘态又是一阵哄堂大笑。真所谓:欢声笑语动屋瓦,师友餐会意无穷。特别是几位相对年轻的人兴致更高,都说今晚是多年少有的精神享受,痛快!痛快!由此可见先生的慈祥、随和,和后学小辈的亲密无间。

现在该说一说本书了。本书所收文章由论文集编辑委员会供稿,对于他们的支持,河南人民出版社表示衷心感谢。本书的内容有评论何先生的学术文章的,也有论述史学、文学、文化各方面问题的,都相当有深度,有的非常精彩,多数文章是为先生寿而新写。何师考虑论文集的价值、生命力在于内容,有的先生愿意拿出发表过的代表作,或能使论文集更有生命力,因此也有一些是旧作。这是个尝试,效果如何,由历史检验吧。论文集编辑委员会还让在这里说明一点:何先生的海外朋友没敢惊动,美国加州大学的陈启云教授、台湾大学的韩复智教授得到消息,惠寄大作,非常感谢。同时也向所有惠赐文章的先生,表示谢意。

最后,河南人民出版社特别是文史编辑处全体同仁,敬祝何先生和师母精神愉快,健康长寿,永葆学术青春;在身心许可、无碍健康的前提下,为学术、为出版再写创新之作。

大学生活拾零

2002年是我的母校北京师范大学百年华诞,9月上旬要举行一系列纪念活动。随着校庆的日益临近,大学生活的生动画面不断在我脑海里涌动。

一

现在的大学生,每门课程都有教材,有的还有几种可以任选。我1956年考入北师大历史系时,可没有这样的条件。我记得最好的是装订成册的学校铅印讲义,如何兹全先生的《中国古代及中世纪史》、刘启戈先生的《世界中世纪史》等。其次是随着课程进度陆续发下来的讲义散页。这种为数最多,有的可以课前到手,有的只能课后补发。到校教材科抱回一大摞各种讲义发给同学,是学习委员、各课代表的重要任务。"大跃进"年代,纸张供应不上,买到什么是什么,绿色、黄色、紫色,一种讲义几色纸,花花绿绿。

这类讲义是刻钢板油光纸油印,高手刻的钢板,遇上好纸,还算好读。字刻得潦草,纸又粗糙,印刷再糟糕,读起来可真是头疼。最不好的是连散篇讲义都没有,只能听老师讲授,这是少数。于是记课堂笔记成了头等大事,哪里没记上、没记全,课后赶快对笔记。当时有个说法:"课堂记笔记,课后对笔记,考试背笔记,考完全忘记。"这也有好处:听讲必须专心致志,一点儿不能走神儿。耳听、眼看、脑想、手记,四勤并用的训练,后来对我大有裨益。至今我还有把重要资料录入电脑的习惯,既可加深印象,又便用时检索。

北师大是1954年由和平门搬到北太平庄的,我们到校时一些楼房正在建造之中。男生住在临时建的几排平房里,二年级时才搬到宿舍楼。教室少,班级没有固定教室,课程表上都注明哪节课在哪个教室,这节课下来,背起书包赶快往另一个教室跑。有的教室没有桌子,椅子右侧架起一块木板,类似扶手,前头部分稍宽一些,笔记本放上去就写起来。那时还没有图书馆楼,自习时背上书包转着教室找位子。图书馆楼开放以后,阅览室借书方便,桌椅又好,成为自习的最好去处。阅览室还没开门,门口就排起了长龙,于是只好每个班发几个牌子,持牌者才能进阅览室。

那时的伙食却有令现在的穷大学生羡慕之处。伙食标准是每月12元5角,学校全包;米面任选,放开肚皮吃饭;杏仁茶、蛋炒饭、肉炒饭、包子、面条等,也常常摆在饭厅里。午晚两餐都是一荤一素,一进饭厅大师傅就把菜递到你手里。星期天到北京图书馆看书,或者去参观名胜古迹、逛公园、访老乡,跟大师傅说一声中午不吃饭,就会给你两根香肠,次的也是两个咸鸡蛋,馒头、咸菜嘛,随便拿。暑假要回家,像我这路程不算远的,退了伙食费,路费就有了。

学校的行政、政工干部很少。历史系只有两个行政人员,系主任、秘书都由教师兼任。党总支没有专职干部,班级也没有辅导员,大约是三年级时才配了级主任。很多事情都由学生来做,学生会和学生党、团干部,任务繁重,非常活跃,校、系大型活动都由学生干部承担。像请杨成武将军给全校作报告,学生会干部

后排中间为作者

去请,大会也由学生会干部主持,就连参加国庆十周年大会的仪仗队的组织、训练,也是学生干部负责,我就是主要负责人之一。学生干部既要学习好,又要工作好,只好加班,中午不休息,凌晨才睡觉,是家常便饭。"连轴转"干个通夜,冷水洗个脸,开始新一天,这在"大跃进"年代说不上稀奇。走上社会之后,我书生气不算那么十足,一般不怕累,不嫌忙,年近"耳顺",夜班比有的年轻人还

能熬,实在是得益于那时的磨炼。

二

进入北师大,最使我兴奋甚至激动的,是景慕老师的风采,聆听大家的教诲。反右派以前,北师大的学术空气、生活气氛都相当民主自由。老师们各展风采,互竞风流。穿着吧,多数中山装,有的普通得和基层干部毫无二致,有的裤缝笔直,皮鞋锃亮。也可以看到个别老先生身着长衫飘然而过,或者西服革履,手执拐杖走向教室。有的讲义装在非常讲究的皮包里,有的就提一个最普通的布兜,教我们"历史要籍介绍及选读"的老先生是用包袱皮裹着讲义进教室的。有的教师非常平易近人,也有学者派头十足的。教我们世界中世纪史的刘启戈先生,学问和派头成正比。不仅穿着讲究,而且上课前呼后拥,几个助教拿着教具紧随其后,把地图挂好,还要检查黑板擦干净了没有。有一次讲课当中,一个年代一时记不起来,就喊着一位助教的名字:"某某,哪一年呐?"同学说他有大教授架子,他的答复妙极:"第一,教授是不分大小的;第二,如果教授有大小,我相信同学们愿意我是个大教授。"课后有人说他不虚心,也有人说他讲得有道理。

讲课风格各有千秋。大体上说,30岁左右的青年教师,学问还不够精深,但注意教法,非常卖劲。语言规范,条理分明,一、二、三、四、甲、乙、丙、丁,板书很多,原因、经过、意义,清楚明白。其好处是好记好背,但是听课记笔记很感紧张。似乎对于讲授的问题融会贯通不够,书面语言多,自己的话少,太硬。学生很难转成自己的语言记笔记,只好尽量一字不改、一字不落地照录,你说紧张不紧张?再者,"太明白了",缺少"嚼头"。另一类是小五十以上的老先生,学问精到,运用自如。很少一、二、三、四,板书更不多,用自己的语言,娓娓道来。有的老先生讲到个人独到见解,声情并茂,神采飞扬,师生不知不觉一同进入课外无物的境界,真是妙不可言!听着是过了一把瘾,但是需要自己课后认真消化,反复咀嚼,否则抓不住要点,不知道怎么去记,怎么去背。两类之间的中年老师,学问已有相当水平,教学也有丰富经验,虽然达不到老先生那样的深度,但适合学生的接受能力,是最受欢迎的老师。

大学4年没有赶上白寿彝先生的课。至于留校后的答疑释惑、言传身教,不属学生生活,这里略而不记。但有幸听何兹全先生讲秦汉史。何先生讲课最大的特点是生动活泼,轻松愉快,意味无穷。声音不高不低,语速不急不缓,全是自己的话,有时像是说家常,说得你入了迷,直着眼睛看,竖着耳朵听,竟然把记笔记这档子事儿给忘了。使你受益最大的,还不是先生讲的那些具体问题,而是潜移默化之中教给你读书、分析问题、做学问的方法和路子。"意味无穷"是越往后这个体会越深。就是近些年我看书看到某个问题,脑子里还会忽然跳出来"当年何先生是这么讲的,精辟,深刻!"

我们班还有机会拜访德高望重的史学大师陈垣老校长。老校长住在北校（即院系调整时并入北师大的原辅仁大学）附近的一个旧式平房院子里。先在会客室和全班同学见面，讲话非常亲切，并同大家合影留念，接着参观老校长的书室、卧室。书室至少有3间大小，全是摆满了书的书架，一排紧挨一排，主要是线装书。当时图书馆楼还没启用，没有机会进书库看书，那些书几乎都是第一次见到。老校长问我们读过什么书，问到的书目既非传统的二十四史，更非近现代书籍，好像大多是清代著名学者如顾炎武的《日知录》、王鸣盛的《十七史商榷》、钱大昕的《二十二史考疑》等。老校长说这都是历史系学生必读的基本史籍，可我们没有一个人读过，实在汗颜。

拜访老校长之前，我曾在《人民日报》上读过报道老校长的文章，盛赞这位大师"竭泽而渔"的治学精神，即研究一个问题一定要把所有有关资料都收集齐全，研究透彻，否则不写文章。因而陈援庵（陈垣字援庵）文章一发，即被视为权威。有一个时期，他每天到北京图书馆看书，以家里带来的烤馒头片为午餐。北图藏书目录多年失于整理，出现有目无书，或有书无目的情况。有时他借阅某书，管理员查目录说没有，他就让管理员到某架第几格找，果然就放在那里。原来他已经把各书在架上的位置画成了图，因而比管理员还熟悉。老校长早睡早起，每天凌晨3点起来读书，几十年如一日，没有特殊情况从不破例。我们拜访老校长时，他已年近八旬,白须飘拂胸前,面目端庄慈祥,思想缜密深邃。坐在这位大师面前,聆听他的教诲,彼时彼刻,我忽然顿悟了"高山仰止"的深刻含义。

北师大乃至北京的大学生,第一次大规模参加公益劳动,恐怕要算去十三陵水库工地劳动,时为1958年。当年5月中共八届二次会议期间,毛主席和刘少奇、周总理、朱老总等中央领导都到十三陵水库工地劳动,那里一时成为全国瞩目的热土。50年代,大学生劳动人民出身的很少,普遍缺乏劳动锻炼。全校到热土亮相,在北京众多高校中"力争上游",可是一件极大的事,停课专门动员、准备,就花了几天时间呢。

我们好像是国庆节之后去的,任务是运沙子,工具是扁担、铁锹和筐子。女同学和体弱的男同学往筐里装沙子,其余同学挑沙子。各班都有统计员,天天公布各班人均运沙数量。那年月,到处是热火朝天的劳动竞赛,哪个不怕落后?你看,挑担小伙都是一溜小跑,挑子排成行,一个接一个,步子跟不上后面就撞了上来,怎敢稍慢!换班时挑子换人不着地,接班的人在路边排成行,挨个接上挑子往前走,我们还曾经给大卡车装沙子。卡车一走,立即把所有的筐子都装满,一筐一筐摞起来。回来的卡车还没停稳,几个人已经爬到车厢里,大个子紧靠卡车站立,其他同学把沙筐递给大个子,大个子再把沙筐摞到车上,车上的人随即把空筐扔下来,火速装满,再往上摞。车上的同学身上被沙筐砸得青一块紫一块,可谁也不在乎,大家憋着劲儿一个心思创造新纪录。我们的最高纪录是装满一车只需一分钟。

十几天劳动全是夜班。住地离工地五六公里,晚上10点出发,黑洞洞看不见路,只有一个紧跟一个走。到处是人流,偶尔见灯光,十几天来回,谁也说不清是从哪里走到工地的。12点接班,8点下班,中间4点钟休息一会儿,啃两个窝头,算是夜餐。那时北京的大学生谁吃过窝头?很多南方同学见都没见过,难以下咽。宣传队就编了吃窝头的快板,打着竹板在工地上说,"窝窝头,窝窝头,过去见了你就发愁……现在见了你口水流……"装得冒尖的沙筐被戏称为"窝头",能挑窝头者是好汉。吃窝头,挑"窝头",成了工地上的热门话题。沙滩劳动两周以后,回到学校突然发现,哎呀,原来树是这么绿,花是这么艳呐!

"大跃进"时,北师大不仅大炼钢铁,而且还兴办工厂。1958年,钢元帅升帐,石油也得大上,这样就有了"一吨钢铁一吨油"的口号。历史系得到一个信息:天津的军粮城建成一个土法用煤炼石油的工厂。我们也想办一个,让我去学学。我对煤和石油一无所知,在那"意气风发"的年代,竟一点没想到"难"字。"好!"带上几个馒头就出发了。那个厂在军粮城附近,前不着村,后不着店,非常偏僻,几经周折才找到。它是把块煤堆起来燃烧,从干馏出的液体中提取石油,规模类似个体小砖窑场。那年头"全国一盘棋",一个毛头小伙儿,人家也热情接待,毫无保留地介绍一切。

白天同工人一起干活,夜里一起挤在地铺上睡觉,几天就"出师"了,回来就如法炮制干将起来。厂址选在锅炉房附近,请锅炉房的李师傅指导,夯实地平,铺上管道,垒墙为槽,堆满块煤,点火燃烧,等着出油吧。还真是,慢慢地有黑水从管道流到缸里,拿到石油部门化验,说是这个东西。哎哟,可不得了啦,全系敲锣打鼓欢庆,高兴坏了!自然,厂长的帽子非我莫属了。我和几位骨干课也不上了,天天在工地吃住。生产不久,新学年开学,全系迎新大会上,特别安排我以"北师大煤成堆干馏厂厂长"身份致辞欢迎新同学。我是穿着一身油腻的工作服,从工地直接登台发言的。大家几次给我热烈鼓掌,最后的掌声简直可说是"暴风雨般",这就是当时的"气候"。

与"炼油厂"的同事合影留念
(后排左四为作者)

在那"一天等于二十年"的年代,在当时的气候下,为了美好的目标,我们曾经狂热过,拼命过,甚至奋不顾身!那不是不讲科学,不务正业,盲目蛮干吗?对于那段历史,真的需要我们去认真反思。

李长春和河南红豆妹

1996年5月20日下午4点多,河南省委书记李长春和河南省赴张家港及苏南学习考察团一行,正在锡山市红豆集团西服厂的制衣车间参观。这个车间很大,排列整齐的缝纫机哒哒哒哒,在齐声欢唱;技术熟练的红豆妹,在聚精会神地操作。李长春和陪同的江苏省委副书记曹克明等边走边看边交谈。

快到车间尽头时,李长春停下脚步问车间主任范凤妹:"这个车间有河南来的吗?"范凤妹一招手,一位中等个子,看样子有二十来岁的姑娘,大大方方地走了上来。李长春高兴地迎了上去,他的同伴们也围了上来。

"你叫什么名字?是什么地方人?"李长春身子前倾,亲切地问道。

"我叫王瑞红,是开封尉氏人。"

"你是怎么到红豆来的?"

"在咱们那里的电器化学校毕业后,通过人才交流中心来到江苏。1994年3月,由朋友介绍,进入红豆集团西服厂工作。"

"在这儿习惯吗?每月有多少收入?"

"领导关心我们,已经习惯了。月收入七八百元。"

这时,一个面色红润的姑娘挤进了人群。她自我介绍说,名叫张汴琴,开封市郊区人,和王瑞红是电器化学校的同学、好朋友,经王介绍,今年元月来到这个车间的。又看到一位老乡,李长春更为高兴,又有一些考察团的人围了上来,气氛更活跃了。

说一口河南话的曹克明副书记对两位河南姑娘说:"我也是河南人,咱们是老乡。你们在这儿工作,待遇和本地人一样不一样?"王瑞红答:"红豆集团重视培养人才,每年还选送优秀的打工妹上大学,外地人和本地人一样待遇。"曹克明点点头说:"这就好,这就好!"他又对红豆集团的领导说:"应该这样,对外地人更要关心,千万不能歧视。"

"我有一点儿小建议,对我们河南来的工人要严格要求,加强教育,使他们多换几个工种,好学习技术。他们出来不只是为了挣几个钱,我们希望他们回到家乡,能成为办好乡镇企业的骨干呢!"李长春对红豆集团的领导说道。

李长春对两个河南红豆妹的关怀体现了他对发展河南经济的一个思路:充分发挥劳动力资源丰富的优势,鼓励外出务工,以提高素质,为家乡建设积累资金,获取信息。在苏南学习考察期间,他多次向当地领导询问河南工人的情况,遇到河南工人,总要攀谈几句。李长春曾向无锡市委书记洪锦炘了解当地河南工人多不多,表现怎么样？洪锦炘说,河南来的不少,他们的素质比较好,吃苦耐劳。他曾在一个企业看到河南工人早上班、晚下班,发挥了很好的作用。李长春还向一些地方和企业的领导建议,和河南的某一地区建立劳务协作关系,河南根据对方的需要,有组织地选送劳动力,双方合作,搞好这些人员的管理。

就要离开制衣车间了,李长春提议和两个河南红豆妹合一个影。《无锡日报》摄影记者顾祚维手中的相机一闪,留下了意外相逢的一瞬。

临分别时,李长春又问:"有什么话要捎给你们父母吗？"两位姑娘齐声答道:"我们一切都好,请父母放心！"最后,李长春鼓励两位姑娘好好学习,努力工作,不要辜负大家对她们的关心。以后回到家乡,运用在这里学到的技术和知识,为家乡建设作出贡献！他又嘱咐开封市委副书记刘庆立,一定要把她俩的情况告诉她们家里。同时交代记者,把今天的照片送给她们父母。

李长春和他的同伴们走远了,两个河南红豆妹还在望着她们的书记,她们的乡亲……

(原载《河南日报》1996年6月4日)

良媒良缘　豫苏携手
——河南各市地与江苏各市互结对子记略

1996年5月24日晚上7时半,在江苏省张家港市馨苑度假村的会议室里,签字仪式正在进行。河南省委书记李长春来了,江苏省委副书记曹克明来了,河南省委副书记宋照肃来了,省委常委、宣传部长林炎志和省委常委、秘书长王全书来了。在"河南省林州市、江苏省张家港市缔结友好城市签字仪式"的横幅下面,林州市长李庆瑞和张家港市长胡剑鹏庄重地在协议书上写上自己的名字。

林州市地处中国中西部,张家港市地处东部沿海,两市都是中央号召各地学习的两个文明建设的先进典型。在全国很有影响的两个典型互学互帮,互补互惠,其意义深远。在签字仪式上李长春说,现在河南全省都在向张家港学习,要求林州市带个好头,学得全面一些,深入一些,为全省提供经验,把河南学习张家港的活动引向深入。苏州市人大常委会副主任、张家港市委书记秦振华则

作者和江苏省委副书记曹克明（左）

表示，要学习林州人民的艰苦创业精神，并尽可能为林州的发展尽力量，使两市互相促进，共同发展。

　　林州市与张家港市互结友好，是河南省赴张家港及苏南地区学习考察团的成果之一。考察团由李长春和宋照肃、范钦臣带领，于5月18日到达江苏。为了使向江苏学习的活动深入持续地开展下去，李长春倡议，河南同江苏的市（地）和一些县级市结为对子，互学互帮。全程陪同河南团的江苏省委副书记曹克明是河南老乡，虽在江苏工作20多年，仍有浓重的河南乡音。他对家乡的发展非常关心，积极响应李长春的倡议，并向江苏省委书记陈焕友作了报告。陈焕友指示,这是件好事,一定要办好。考察途中,李长春和曹克明作为"红娘",热心而妥帖地穿针引线,各方面积极配合,使这桩善举得以顺利进行。最后经陈焕友书记决策同意,两省下列地方结为友好对子:

南京市——郑州市　常州市——平顶山市、洛阳市　无锡市——洛阳市、焦作市、商丘地区　苏州市——南阳市、新乡市、驻马店地区　南通市——濮阳市、三门峡市　扬州市——漯河市、鹤壁市　镇江市——许昌市、信阳地区　连云港市——开封市、安阳市　徐州市——周口地区、商丘地区　张家港市——林州市　昆山市——登封市　常熟市——偃师市　江阴市——济源市　锡山市——巩义市　吴县市——灵宝市

5月27日,是河南团在苏南学习考察的最后一天。晚上,两省领导话别时,曹克明说,陈焕友书记嘱咐,结了对子,就一定要互相交流、互学互帮,促进两省更快发展。曹克明深情地说,我是江苏干部,又是河南人,我愿意当好两省协作的联络员,尽心尽力把事情办好。李长春真诚地向陈焕友、曹克明表示感谢,要求各市、地认认真真地向江苏,特别是向张家港学习,探索中西部地区和沿海地区协作的路子,以结对子这样的形式,把真经学到手,让先进经验在中原大地开花结果,使河南的两个文明建设再上台阶。

手拉起了手,今后脚下的路还很长,祝愿这桩善举结出硕果!

(原载《河南日报》1996年5月31日)

希望在山　潜力在林
——省人大常委会部分委员视察嵩县、栾川林业小记

2000年5月27日至30日,省人大常委会副主任亢崇仁带领部分常委会组成人员到洛阳视察林业工作,我作为一员随行。亢崇仁副主任等一行先后视察了嵩县白云山、栾川龙峪湾两个国家级森林公园及栾川的飞播造林,听取了省林业厅厅长张敬增、洛阳市及嵩、栾两县林业工作的汇报。视察人员认为,洛阳林业虽然还存在不少困难和问题,但确实取得了巨大的成绩,最根本的是对林业重要性认识的大提高。正如洛阳市委书记李柏拴所说:过去只把林业作为农业结构调整的一部分,在抓紧粮食生产的同时抓林业。现在认识到,林业不只是经济问题,更是搞好生态环境,再造秀美山川,为子孙留下可持续发展空间的大问题。

在两个森林公园视察,细雨蒙蒙之中攀上趋下,穿行在山林溪涧之间,满眼所见,树茂林密,花艳草绿,山峭谷深,水秀石奇,颇有身在江南,人处画中之感。离开城市的喧嚣,忘却一切的烦恼,人

和自然融为一体,其情怡怡,其乐陶陶,非言语所能尽道。此景此情使我进一步体会到,人类和自然确是好朋友。人类不仅要开发自然,利用自然,更要保护自然,管好自然。种树造林,保护植被,即其大要之一。

视察期间,曾和嵩县县委书记尚成富、县长焦焕朝以及白云山管理局白局长较深入地谈到林业问题。现在择要录之如下:

记者:看了白云山,感到造林绿化搞得很好,不知道全县的情况怎么样?

县长:我们抓林业是很认真的。最近5年来,全县累计完成造林面积47万亩,封山育林36万亩,基本消灭了宜林荒山。1997年通过省造林灭荒达标验收,1999年被国家绿委授予"全国造林绿化百佳县"称号。经济林长足发展,林业产业稳步前进。1999年实现林业产值1.3亿元,创综合效益2.5亿元,占全县国内生产总值的25%。

记者:成绩的确不小,那肯定是做了很多工作了?

书记:是这样。首先是提高对林业重要性的认识,加强领导。嵩县林地面积大,解决群众温饱和脱贫致富希望在山,潜力在林,必须念"山经",唱"林歌"。经过典型引路和宣传教育,这已成为全县干部群众的共识。我们把造林绿化作为考核乡镇领导工作的主要指标之一,坚持实行县乡领导任期森林资源消长责任制。每年植树季节集中10万劳力,开展绿化造林大会战。其次,制定了

"谁绿化谁所有,谁投资谁受益,谁经营谁得利"的政策,并认真执行,大大调动了群众造林的积极性。三是加大投资力度,建立了多渠道投入机制。除了国家、地方财政投资外,集中扶贫基金、以工代赈等项目资金,向造林绿化倾斜;同时采取承包、租赁、股份合作、"四荒"拍卖等多种形式吸引社会资金,形成国家、单位、集体、个人多元化投入机制。1998年和1999年共投入资金2000多万元。四是加强林政管理,制定管护制度,强化管护责任,巩固绿化成果。同时,加大对毁林案件查处的力度。1998年以来,查处林业案件50多起,为国家挽回损失400多万元。五是加强林业产业化发展。建立了杨圆木系列加工厂,大力发展经济林、食用菌、苗木、花卉等,年实现利润1.08亿元;大力发展森林旅游和林副产品加工,实现年产值7800万元。关于森林旅游,请白局长具体谈谈好吗?

记者:好,就请白局长谈谈。

局长:白云山公园林木茂密,大片原始森林保存完好,森林覆盖率达95%以上。有植物1991种,动物204种,被誉为自然博物馆。山高峰多,俊秀雄奇。主峰玉皇顶海拔2212米,是中原最高峰。站在玉皇顶可观日出,看云海,俯视周围三市六县风光。景区内白河源头,几百米落差形成众多飞瀑流潭。九龙瀑布落差100多米,垂帘撒珠,烟雾弥散,在丽日照射下,有道道彩虹出现。这里盛夏最高气温不超过26℃,是理想的避暑胜地。因此,1997年被评为河南"十佳旅游观光好去处"。

记者:看过之后,再听你们一讲,感觉的确不错。不知接待条件和效益怎么样?

局长:我们已经形成6000人的日接待能力。1999年接待游客30多万人,创综合经济效益6800万元。今年"五一"放假期间游客达4万多人,门票收入近百万元。在白云山从事旅游服务的有2000多人,年收入1000多万元。现在白云山旅游沿线形成了一些工贸小区和旅游小区,有力地带动了山区群众脱贫致富,促进了县域经济的发展。

书记:省人大部分常委这次视察对我们是很大的鼓舞和促进,我们要认真听取视察人员的意见,改进工作,把林业抓得再好一些,希望上级和社会各界给我们更多的关心和支持。欢迎你们多来,欢迎更多的人来指导、考察、参观、旅游。

(原载《河南日报》2000年6月2日)

党委如何领导报纸
——从一位市委书记的看法说起

前几天我到鹤壁,《鹤壁日报》总编辑姚菊泉同志来看我。同行见面,话题自然就说到办报。姚总说他们市委书记李新民善于领导新闻工作,很会运用报纸推动各项工作的开展。并说李书记前些时接受《河南新闻出版报》记者的采访,谈得很好,该报以"管好办好党报 党委责无旁贷"为题,发了半版。我请她把那天的报纸找来,读了一遍,感到确实讲得很好。

李书记首先强调党委必须重视报纸的作用,切实加强对报纸的领导。他说:"应该很珍惜"党委机关报,"把这个舆论阵地的作用充分发挥好,这个地区的各项工作就会出现生动活泼的大好局面"。加强对报纸的领导和指导,"这不是分外的事情,不是可有可无的事情,而是党委工作的一部分"。要把党报"置于党委的领导之下,指导报社坚持正确的舆论导向,指导报纸更好地为党和政府的中心工作服务"。

怎样加强党委对机关报的领导呢？李书记讲了四点。第一，市委和市委书记要"经常与报社的同志进行思想和工作上的交流，研究不同时期报纸宣传的重点和方针，把报纸的宣传重心与党和政府的中心工作统一起来，融为一体"。第二，要求报纸"始终围绕党的中心工作，宣传发动群众、组织团结群众去实现党的中心工作"。第三，要"十分重视通过报纸去宣传典型，用典型去鼓舞人民，用典型去指导面上的工作"。第四，支持报纸正确开展舆论监督，舆论监督必须真实、适时、适度，为大局服务，是帮忙，不是添乱。

我们党历来重视新闻工作，认为新闻工作是党的工作的重要组成部分。如何加强党对新闻工作的领导，使其更好地发挥动员群众、宣传群众、组织群众的作用，我们党也创造和积累了丰富的经验。这集中在毛泽东、邓小平和江泽民同志对新闻工作的论述中。可以说各级党委及其书记，都十分重视报纸，注意加强对报纸的领导。但是领导报纸是一门艺术，不是只要重视，只要有良好愿望就能把报纸领导好的。似乎有这样的情况，20世纪五六十年代，把阶级斗争、意识形态放在第一位，党委和书记很注意总结领导报纸的经验，研究领导报纸的艺术。改革开放以后，以经济建设为中心，特别是社会转型时期，党委工作千头万绪，有的地方虽然重视对报纸的领导，但对于如何"改善"领导下工夫不够，这方面经验不是很足。很多党委特别是书记，领导和运用报纸推动工作很有经验,充分发挥了报纸的作用。而有的地方,恐怕还需要总结经验教训,进一步加强和改善对报纸的领导。

有哪些问题需要注意和研究呢？一是党委和书记的领导只是从原则上强调强调,实际是交给宣传部门领导。党委宣传部门必须根据党委的要求和精神加强对报纸的指导,这是非常重要的。但是这不能代替党委的领导。二是对报纸的要求不够高,例如只要把党委和政府的会议、领导人的活动、重要工作发得块头大一些,突出一些就满意了。把重要会议、重要工作、领导人的重要活动报道好,是报纸的重要任务。这里边是很有讲究的,为了有好的宣传效果,报纸必须创造性地工作,并不是只要照发、发大就算好。而且除了报道重要会议和领导人活动之外,报纸还有多方面的宣传任务。党委机关报也是大众传媒,读者层次不同,领导干部、一般干部、知识阶层、企业管理人员、各行各业的广大群众,各方面的要求都要尽可能兼顾。三是只重视报纸的政治导向,至于思想导向、价值导向、生活导向、休闲导向、欣赏导向等则注意不够。四是对报纸的领导和指导有欠具体。好像会议都让参加了,文件都给他们了,领会了精神,报纸自会宣传好。参加了会议,看了文件,不一定就能透彻领会,还需要党委提出明确要求,提示需要注意的问题,给以具体指导。五是要求偏于具体琐细。不是讲清党委的精神、意图,必须注意的问题,让报社根据实际创造性地去宣传好,而是这个发多少,那个发多大,发在什么位置,甚至占几栏都规定得非常具体。特殊情况出于需要可以提出具体要求，但一般来说还是讲清重要性，由报社根据当天的情况妥善安排。六是对于报纸出现的失误、差错和问题，有时处理得不够妥当。党委机关报政治一定要坚定、鲜明，导向一定要正确、有效，决不允许这方面有闪失。出了问题要分析原因，分清责任，严肃处理。报纸的版面如何安排，非常重要，非常复杂、琐细，很难作出具体规定，只能按照中央和党委的精神，依照惯例，凭借值班总编辑的经验来处理。加上夜班时间有限，不能事事请示、研究，哪个地方考虑不周，出现失误、差错，应该批评，要求报社总结经验教训，力争不犯或少犯错误。不能失之于宽，该批评而不批评，该处理而不处理。也不能严过了头，只要不是政治性的、导向性的，不要动不动就说成政治问题，就戴上不保持一致的帽子。

以上几点，是和省内外同行接触中，大家谈得比较多的。各地情况千差万别，有的对报纸领导得很好，有的经验不足，或者某方面有问题需要改进。笔者了解情况极其有限，可能和实际出入很大，说这些话是希望有助于考虑问题。不管怎么说，需要总结经验教训，进一步加强和改善党委对报纸的领导，大概不会有错。

在鹤壁期间我曾和李新民书记谈到《河南新闻出版报》那篇报道。新民书记说，那次接受采访，没有来得及准备，平常有些想法，就一路说下来。要是认真考虑考虑，会讲得更好一些。他强调：不讲那么多大道理，说实际些，市委和书记对机关报的领导，我的体会,其实就是几条。第一,一个时期党委的精神和意图要使报社领导吃透摸准;第二,要把党委对报纸的要求、需要特别注意的问题,交代得明白具体;第三,及时肯定成绩,指出问题,这当然是指比较重要的;第四,需要市委解决的问题,尽量帮助解决。总的来说,就是一定要按照中央的要求,把报纸掌握在党委手里,运用得法,使它为党的工作服务。至于哪个报道怎么安排,谁大谁小,谁前谁后,都让报社根据办报的要求自己去处理,我从来不管这些。李书记还说:党委机关报是自己的报纸,一家人,成绩有党委领导的份儿,问题也要看成党委工作的问题。

作为一个市委书记,对领导报纸有这么深刻、扎实、精辟的见解,说明他确实重视报纸,在如何领导报纸方面下了工夫,令我这个报人佩服。特别是最后那句话,我不仅难忘,而且感动。有新民书记这么精彩的论述,不需要多啰嗦了,这篇短文就到此打住。

(原载《新闻爱好者》2001年第9期)

接受美联社记者采访

丁零零，丁零零……电话响了。拿起听筒，传来一声："您是杨凤阁社长吗？""我是杨凤阁。""我是美联社北京分社记者。贵社最近出版了《中华民国史纲》，我要电话采访您。"对方说的是普通话。

《中华民国史纲》是1985年10月出版。这个电话大约是在1986年第一季度，或者再晚一些。当时，我担任河南人民出版社社长、总编辑。从1983年省里机构改革时撤了出版局，到1987年又成立新闻出版局之前，河南人民出版社一直担负有行政职能，管理全省的图书编辑、印刷、发行和印刷物资供应。那时，"清除精神污染"过去不久，意识形态领域"左"的影响还很深，人们思想上的禁锢还很多；河南的对外开放刚起步，出版领域还比较闭塞，做梦也想不到一个地方出版社的负责人会接到美联社记者的那个电话。

接受不接受采访？脑子在飞速旋转。接受采访，可以借机宣传河南出版，但怕没有丝毫准备，答得不圆满，影响不好。"山姆大叔"经常指责中国缺少民主，干部不会独立思考，事事请示对口径，如不接受采访，正好授人以口实；就个人来说，也觉得在对方面前有失猥琐。这时，书生意气突然上来了——有什么了不起，还能应对不了？接招儿！

"同意采访。您有什么问题？"

"你们出版《中华民国史纲》，是不是对蒋经国搞统战？"

原来他不是从出版的角度提问，而是着眼政治的。会不会有刁钻敏感、难以回答的问题？如果应对不当，后果难料。本来有个退路——另约时间回答，可因为有"接招儿"意识，不愿让对方把我们看"软"，所以只能进不能退。为了有个思考间隙，我请对方把问题都讲出来，一并回答。对方说了五六个问题，大概是：这部书是哪个部门批准出版的，是谁审的稿子，你们是不是要重新评价蒋介石，是不是考虑解决台湾问题……嗨，看来这位先生对我国出版行业的运作所知有限，认为国家还在以行政手段管理出书业务；或许他还要摸一摸出版《中华民国史纲》是不是有政治考虑。

我告诉对方，这是一部历史著作，它的第一要求是忠实于历史实际，对于中华民国历史和蒋介石都是这样。如果这部书对蒋介石的某些说法与其他著作有所差异，大概是作者认为这样更符合历史事实。我们国家对于出版有明确的方针政策，在遵循国家出版方针政策的前提下,出书计划由出版社自己决定。出版社审阅书稿,主要看质量是否达到出版水平,学术观点由作者负责。本社历史书籍的编辑出版工作由我指导,《中华民国史纲》从列入出版计划到编辑工作我都过问,最后由我终审,不需要党政部门领导批准。至于"统战"、"解决台湾问题",中央有明确的方针政策,早已昭示中外。如果通过出版《中华民国史纲》,我们和台湾同行及有关人士交流多一些,共同语言多一些,如果这部著作对于解决台湾问题有一些积极作用,我们当然会很高兴。

对方听了回答表示满意,又问了《中华民国史纲》作者的情况,最后以"非常感谢"结束。放下话筒,我立即打电话告诉《中华民国史纲》主编张宪文,请他对美联社北京分社的采访有所准备。

后来有人告诉我,关于《中华民国史纲》的出版,此前美联社北京分社已经发过消息;在采访我和张宪文之后,又连着一天再发3条消息。北大一位在美国作访问学者的朋友回来对我说,他看到了美国报纸上关于采访我的文章。——美联社何以如此关注这部书的出版呢?

关于清朝以后的历史,"文化大革命"之前出版了大量中共党史,后来出版了少量"中国新民主主义革命史"、"中国现代史",后者也是以中共党史为核心的。与新中国紧相连接的中华民国史,则除了有数的学者,很少有人涉足。中国科学院哲学社会科学部(即今中国社会科学院的前身)近代史所以李新教授为首的一些学者,在十分困难的局面下,苦撑着编写多卷本《中华民国史》,由中华书局出版了第一卷。但在十年浩劫中,编写和出版这部著作成为一大罪状,又统统中断了。

作者和张宪文先生在一起

为什么离新中国最近、最应该研究、总结的民国史反而遭此冷遇呢？根子在于极"左"的影响。在当时的环境下，涉及中华民国、蒋介石、国民党及其历史，首先是政治问题，谁都怕因为研究这类问题惹祸遭罪，因此民国史有"险学"之称。十一届三中全会之后，局面逐步改观，研究民国史的人渐渐多起来了，但"左"的余毒还在，"心有余悸"还相当严重。这在我们出版《中华民国史纲》的过程中也有所表现。

大约是1983年吧，编辑张黛告诉我，南京大学张宪文正在主编一部中华民国史，联系过几家出版社都没有结果，询问我们可否接受。当时，河南人民出版社领导层和多数同仁已达成共识，地方出版社不能只满足于"当地影响"，要到全国图书市场上搏杀，千方百计出一批在全国有影响的书。我判断出版这部书也许不无风险，但很可能成为新中国第一部完整的中华民国史，机不可失。于是嘱咐张黛答复作者：我社同意接受这部书稿，这是郑重的话；但如果到交稿时的政治形势下出版这书有困难，也请作者谅解。后来我还直接详细地向主编张宪文说了这个意思。我也是学历史的，与宪文同志是一个年龄段的人，双方很好沟通。他非常理解，认为我这话是很诚恳、很认真的，如果出现那种形势，他也不敢出这部书了。其后双方合作得很愉快，编写和编辑都比较顺利。为了"保险"，签发排单时我批的是"内部发行"，这是当时一种特有的发行方式，如今早已不复存在。后来的形势发展是继续解放思想,在批付印时就痛痛快快地改成了公开发行。现在的朋友会说你们太保守了。的确是这样。保守的出版社,当时还没有什么影响的一家地方出版社敢于探路,在全国出了第一部完整的中华民国史,这说明不只是某社某人的问题,还有个环境和历史发展过程的问题。

看来美联社北京分社那位先生的神经是很敏感的。"文化大革命"之后,突破禁锢,为中华民国出版了第一部历史著作,他认为是一个值得注意的新闻。大体翻阅一下,可能有个大致印象:《中华民国史纲》是一部严肃认真的正史,不是"大批判开路";对中华民国和蒋介石以及对抗日战争时期美国对中国的援助,有些地方也有正面评价,书中还有蒋介石的照片。记者的敏感大概又使他想到,会不会不仅是出版方面的新闻、文化方面的新闻,背后会不会更有深意呢? 所以就有了上述的那次电话采访。

《中华民国史纲》的确打响了,再版和重印了3次,总印数近3万册。新华社就此书的出版向全国发了统稿———一家地方出版社的一部非政治书籍得到国家通讯社的如此"待遇",当时实为罕见。有资料说,先后有50多家媒体对《中华民国史纲》发表消息和评介文章。河南人民出版社由此书扩展到出版《中华民国史丛书》,张宪文、黄美真教授主编,共出版45种,几次重印,累计印数80多万册,成为一套在全国很有影响的丛书。再引申为出版《台湾30年》《80年代的台湾》,都由南京大学著名近代史学者茅家琦主编。前者是全国第一部全面记述1949年以后台湾历史的著作，不仅在内地，而且在台港和海外都有很大影响。一些台湾人士对此书颇为称道，台湾一个暑期历史教师培训班还复印了500册作为教材。以上图书都由有关方面和文史处陆树庆处长、责任编辑张黛编审苦心经营。

河南人民出版社的这些图书，对于民国史的教学、研究和普及，对于同台湾和海外的学术交流，甚至对于学术界、文化界和出版界的思想解放，都起了积极作用。20世纪90年代以后，在海内外学术界和出版界的共同努力之下，民国史的研究迅速发展，由"险学"变成了"显学"。在编著这些著作的基础上，南京大学成立了"中华民国史研究中心"，发展成为中外民国史研究的重要基地，张宪文教授成为海内外有广泛影响的民国史学者。

2003年3月21日是河南人民出版社建社50周年。我在该社工作15年，是在那里由普通编辑成长为编审和负责干部的。人民社和其他兄弟社的许多老领导、老朋友对我的关爱、帮助，是我最亲切温馨的回忆，是我最为珍爱的精神财富。谨以上面的文字，作为对河南人民出版社和河南出版事业的深深祝福。

（原载《河南日报》2003年3月14日）

托起朝阳
——禹州助学助教基金会二三事

近日,禹州市助学助教基金会先后收到多封高校学生的信件,由衷地感谢基金会对他们的无私帮助。浙江大学99级新生王晓丽在信中说:"我在这里学习、生活都非常顺利……是你们,是基金会所有的好心人,才使我这个家庭贫困的苦孩子,能够跨进这所高校的大门。"

禹州市助学助教基金会是在市人大常委会主任、原市委副书记刘英杰的倡议和推动下,在市委、市人大、市政府等的热情关怀下,于1998年8月成立的公益性社会团体,主要从事募捐基金,资助品学兼优和家庭特别贫困的学生、奖励优秀教师等活动。基金会得到市教委等部门和社会各界的积极支持。该市坪山宾馆一次性捐助20万元,民营企业主苗水、王振昌、刘少锋等各捐助10万元,捐资总额已经达到204.67万元。当年8月底,考入清华、北大、人民大学的7名优秀新生,考入其他全国重点大学的4名家境困难新生,本市普通高中录取的前10名新生,就分别得到基金会5000元、2000元、1000元的资助。禹州市今年11名考入清华、北大、人民大学的新生,13名考入其他重点大学家庭困难的新生,本市普通高中录取的前10名新生,再次分别得到了和去年数目相同的资助。基金会同时还奖励了3位成绩突出的教师和学校领导。这次资助和奖励的总数为12万元。

有了基金会的帮助,才使一些家庭贫困的优秀学生能够跨进著名高校的大门。董晓东是农村学生,家里两间土坯房倒塌,全家寄居在外祖母家;农村学生王世伟,父亲残疾,母亲长期患病,家徒四壁。他俩接到清华大学的录取通知书时,欣喜之余,更多的是愁苦。和他俩一样由于基金会"雪中送炭",才圆了大学梦的学生,在校奋发向上,刻苦攻读,表示力争早日成才,回来为建设家乡尽心出力。

在采访该市人大常委会主任、基金会名誉理事长刘英杰时,他不无激动地说:"贫困学生像旱地的禾苗,多么需要浇灌啊!我们100多万人的禹州市,就供不起这些学生吗?说不定其中就有栋梁之才呢!良知呼吁我们,帮帮这些孩子吧!"禹州市委书记张文深则把这件善事和该市的发展联系起来,他说:"在他们困难的时候,帮扶一把,这些孩子一定会对父老乡亲涌泉相报。这样,我们禹州就会人才辈出,事业的发展繁荣就能后继有人!正因为如此,在基金会成立大会上,我代表市四大班子,向热心教育事业、支持基金会的各界有识之士三鞠躬。"

但愿能涌现更多像张文深和刘英杰这样的领导,更愿重教助学的春风吹遍中原大地!

（原载《河南日报》1999年11月10日）

成吉思汗及其陵园

作者在成吉思汗陵前

"一代天骄"和蒙古帝国

一位伟人在一首词中把成吉思汗和秦皇汉武唐宗宋祖并列，并送他一顶"一代天骄"的冠冕。据说在20世纪即将过去的时候，曾进行了一次调查，看谁是过去2000年中最知名的政治人物。调查结果显示，成吉思汗高居前列。成吉思汗不仅在中国而且在世界都有很高的知名度，这大概是不争的事实。

成吉思汗名铁木真，1162年生于蒙古斡难河畔的贵族世家。铁木真9岁时，父亲被仇敌杀死，从此部落离散，生活坎坷，历尽磨难。后来，经过多次征战，铁木真统一蒙古各部，于1206年建立了蒙古汗国，他被尊称为"成吉思汗"。"汗"是北方少数民族首领的称号，相当于汉族的"王"。"成吉思汗"的含义众说纷纭，"强大的众汗之汗"可能比较接近本意。

以后的几十年，成吉思汗和他的子孙们打败金国，征服西夏，经过几次远征，横扫欧、亚两大洲，前锋直达今波兰、匈牙利和伊拉克的巴格达、叙利亚的大马士革，建立了横跨欧亚、空前庞大的蒙古帝国。蒙古军队狂飙般的血与火的洗礼，给民众带来了深重灾难，但客观上也为经济文化交流清除了障碍，对广大地区的发展不无促进。

成吉思汗葬地——一个历史之谜

1227年8月,在攻灭西夏之战即将结束时,成吉思汗病死于今甘肃省六盘山麓的清水县,享年66岁。考虑到西夏战事,成吉思汗临终遗言秘不发丧。他的葬地众说不一。据《多桑蒙古史》说,成吉思汗的遗体被运回蒙古,1228年葬于鄂嫩河、克鲁伦河、土拉河的发源地肯特山。那是一个很大的地域,具体处所不详。蒙古风俗没有陵寝,也不用棺木。传说是劈开一棵大树,将中间掏空,放入成吉思汗尸身,再合拢两半,用三道金箍箍牢,然后挖穴深埋。不仅不堆土成墓,还要万马将葬处踏为平地,而且护陵兵众在离葬处很远的周边严守3年,任何人不得进入,直到万草丛生,谁也无法辨别葬地所在,方才撤兵。由于死时保密,有关葬地的记载或语焉不详,或明显有错,闹得聚讼纷纭,加上葬俗奇特还笼罩着许多神秘色彩,造成数百年来一大谜团。为了揭开谜底,很多人做了大量工作,包括实地考察。

2001年8月,一家发行量很大的报纸报道,美国芝加哥一个"成吉思汗地理历史考察队",在蒙古国首都乌兰巴托东北方向320公里处的巴特希热特附近考察,希望能找到成吉思汗陵的一些线索。这里的成吉思汗陵,指成吉思汗遗体的埋葬之处,这是一个世界性的历史之谜。几百年来,各国历史学家、考古学家、探险家和一些有兴趣者多方探求,迄今没有得到答案。

著名的"八白室"

不知葬地所在,在今天的内蒙古的伊金霍洛旗怎么又会有一座成吉思汗陵呢?人们又是怎样祭祀这位在世界上有重大影响的人物呢?据《蒙古源流》记载,运送成吉思汗遗体的大车到了一个地方,"车轮挺然不动……因不能请出金身,遂……于彼处立白室八间,以供奉祀"。"白室八间"就是八座用毡做的白色帐幕。几百年来人们祭祀的,不是埋葬成吉思汗真身的陵墓,而是有名的"八白室",这一点文献记载是一致的。至于"白室八间"最初建在什么地方,所有文献也解不了这一难题。有个很生动的传说,说是就在今内蒙古伊克昭盟的伊金霍洛旗。

现在能够看到的文献资料说明,15世纪中叶,蒙古人才进入伊克昭盟,"八白室"也随之到了这里。伊克昭盟又名鄂尔多斯。据说"鄂尔多斯"是由蒙语"斡尔朵"演变来的,"斡尔朵"为汉语"宫帐"之意。"八白室"是奉祀成吉思汗之所,自然是"宫帐"。"鄂尔多斯"本义为"宫帐守卫者"。长期以来,"八白室"就成为成吉思汗陵,它的守护者围绕"八白室"放牧为生,子孙繁衍,人口滋生,形成蒙古族鄂尔多斯部。公元16世纪初年,达延汗统一蒙古各部之后,在"八白室"前祭祀成吉思汗,典礼盛大隆重。此后,鄂尔多斯不仅是蒙古族一部之名,而且也成了地名。"八白室"在鄂尔多斯地区曾几次迁移,清朝初年才迁到伊金霍洛。蒙语"伊金霍洛"意为汉语的"主人的陵园",是从"八白室"来的。

后来,"八白室"又曾几次迁移。抗日战争初期,为防日军攻占伊金霍洛,劫走成陵,蒙古爱国王公建议将"八白室"即成陵迁往青海。国民党政府考虑青海太远,决定迁到甘肃省兴隆山。1939年6月21日,灵车经过延安,各界人士两万人举行了盛大的祭典,中共中央和毛泽东献了花圈。1949年,解放大军进军甘肃时,军阀马步芳将兴隆山供奉的成吉思汗"灵柩"和有关遗物劫持到青海塔尔寺。1954年,中央人民政府应伊克昭盟蒙古人民之请,又将成陵迁回伊金霍洛。国家拨出巨款,内蒙古自治区主席乌兰夫亲临选址,修建了一座富有蒙古族特色、金碧辉煌、规模空前的成吉思汗陵。此后,中央人民政府和内蒙古自治区政府多次拨款修建、扩大成陵,特别是1987年和1997年内蒙古自治区成立40周年和50周年时的两次大规模修缮扩建,使成陵成为庄严肃穆、气魄雄伟、规模宏大的著名陵园。

成吉思汗陵园

今天,您去参观成吉思汗陵时,在迎宾广场上,首先映入眼帘的是两根三叉铁矛中间挂着五色小旗的"黑慕热",这就是"天马旗",是蒙古族希望和吉祥的象征。向前望去,高大雄武的成吉思汗骑马铜像,令您感到"一代天骄"叱咤风云、震惊寰宇的桩桩往事仿佛就在昨天。走过铜像,踏着石阶向前,就看到一座牌坊,上方正中横挂的牌匾上有原国家副主席乌兰夫写的"成吉思汗陵"五个金色大字。穿过牌坊,拾级而上,走到99级石阶的尽头,就是成陵的主体建筑——成吉思汗陵宫。它是相互连接的三座蒙古包式建筑,墙壁洁白,门窗朱红,特别是金黄色琉璃宝顶格外引人注目。陵宫分为正殿、寝宫、东殿、西殿、东西过厅六部分,东西长100米,正殿高24.18米,东西两殿高18米。正殿正中有一座汉白玉的成吉思汗坐像,雕工精细,栩栩如生,与骑马铜像不同,坐像坚毅慈祥,眼光深邃敏锐。寝宫里面供奉着灵帐,中间的大灵包里安放着三个灵柩,正中是成吉思汗及其夫人的神灵,两边是他的两个胞弟的神灵,左右两个灵包里是成吉思汗另两位夫人的神灵。

陵宫西南供奉的是镇远神矛苏力德。"苏力德"汉语意为徽标,亦即军徽,就是成吉思汗的战旗、战神。陵宫东侧是仓更斡尔阁白宫。"仓更斡尔阁"是"珍藏"的意思,此宫就是珍藏室。此外,成吉思汗陵园还有成吉思汗行宫、碑亭、敖包、成吉思汗陵史展览厅和一些服务性建筑。

1982年,成吉思汗陵被国务院列为第二批全国重点文物保护单位;1991年,被国家旅游局命名为全国旅游胜地四十佳之一。它集历史、文化、风俗、旅游于一体,是了解鄂尔多斯乃至蒙古民族的一个窗口。

(原载《河南日报》2001年12月14日)

中原汉　边疆魂

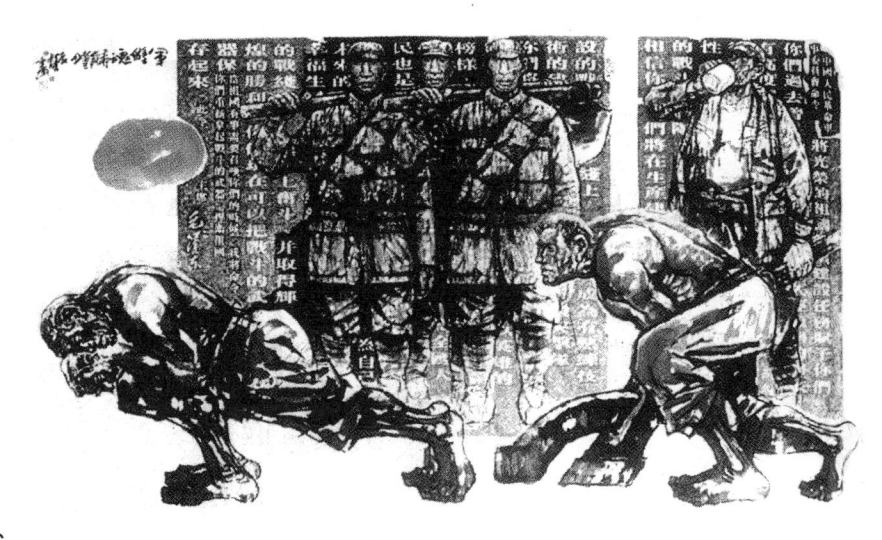

不期而遇的老乡画家

2003年7月29日下午，从石河子市采访回到宾馆，一进大厅，看到坐在楼梯附近沙发上的一位先生，他两眼注视着陆续进楼的我们一行。他细高身材,清瘦得隔着衣服似可看到骨架,脑门秃得闪亮,长发几乎披肩,透过一副大镜片可以看到他的眼睛炯炯有神。我心中不由一动。他大概也看出我在注意他,站了起来,似乎要迎面走来,可两脚又没有迈动。当我走近楼梯时,他冲着我问:"是河南新闻采访团的同志吗?"我反问道:"是董先生吗?"话一出口马上觉得冒失了,因为头天当地有关部门介绍情况时虽然讲到画家董振堂,但是关于这位老乡的形象只有"很瘦"两字啊!岂料对方突然满脸欢笑地说:"我是董振堂。"怕闹尴尬的心情一下变为兴奋,我揽起老乡的胳臂相拥上楼。

这位画家是河南邓州人,1942年生,早年在郑州艺术学院美术专业学习,和我的朋友——英年早逝而遗作震惊全国画坛的李伯安是同学。1959年差一年就要毕业时,学校停办,董振堂不得不回到老家。由于"出身不好"自觉前途无望,1965年只身前往新疆"闯大运"。新疆虽大,23岁的壮小伙儿却难找到一处谋生之地。他是一个没有户口、没有单位、没有身份证明、没有"介绍信"的"黑人",在那以阶级斗争为纲的年代,"黑人"就是"盲流",是"准专政对象"。举目无亲、生计无着、担惊受怕的董振堂,终被新疆生产建设兵团收留。尽管以后的生活是那样艰苦,但他成了兵团战士,可以堂堂正正做人,痛痛快快苦干,即此一端,就使他对兵团、对收留他信任他的领导和同志感激不尽,没齿不忘。

最初他在兵团当农工,由于主动给连队办专栏,画宣传画,渐为领导所赏识,后被调到团里放电影。因为这个岗位不那么捆人,随时可以抽出去画画、写字、做宣传工作,直到1979年被安排到石河子师范学校当美术教师。离开郑州艺术学院整整20年之后,他终于又回到自己的美术老本行,有了展示自己实力和价值的舞台。所以董振堂经常说:"没有兵团,没有党的改革开放,不仅没有我的今天,甚至今天还有没有我这个人都难说。"

董振堂的画作有鲜明的个性和风格,雄浑、粗犷、大气、空灵,蕴有深刻的精神内涵,是当今西部画坛最具实力的画家之一。他的不少佳作被新加坡、日本、澳大利亚、加拿大、美国等地友人或博物馆收藏。他擅长写意人物,也喜欢山水花鸟,其作品很多。1996年出版有《董振堂画集》。

然而,代表董振堂的精神和艺术的还不是这部画集,而是3年之后完成的"兵团人"水墨人物系列画。

大型"兵团人"组画的诞生

放电影工作使董振堂走遍了所在单位的基层部门,在连队结识了众多朋友,他看到、听到的感人至深的英雄事迹太多太多,有的真是惊天地、泣鬼神。那时他就创作了七八千张表现英模事迹的幻灯片,随电影一起放映。多年来,这些人、这些事在他脑海里揉搓、发酵、升华,凝结为一个又一个有血有肉、活灵活现、个性鲜明的"兵团人"。

成为专业美术工作者以后,董振堂经常思索一个问题:兵团为屯垦戍边、开发新疆、建设新疆、稳定新疆作出了可以彪炳史册的伟大贡献。老一代兵团人吃尽人所难吃的苦,成就人所难成的业;新一代兵团人继承光荣传统,克服新的困难,奋力开创明天。美术工作者的天职,就是应当表现伟大的时代和这个时代造就的英雄人物,使之成为中华民族的精神财富,激励和推动中华民族紧密团结,自强不息,奋勇直前。我是兵团画家,为"兵团人"作画立传,乃是天降大任,我不承担谁人承担!每思及此,他心潮澎湃,浑身燥热,夜不能寐。但是,这样既有历史意义更有现实意义的重大主题,从哪里下手呢?经过反复思索探讨,他确定了"以小人物表现大主题"的创作思路。思路明确以后,脑海里凝结的那些人物,一个一个雀跃翻腾,催生了他的创作激情。

从1996年开始,董振堂除了教学工作,几乎谢绝一切活动,日夜沉浸在画室构思、作画。在自己构造的那个世界里,他随心所欲地遨游,要精神来精神,要智慧来智慧,简直神了。有时他和自己开玩笑说,天降大任于我,当然天助我也。

也许是承担大任者必须遭受更多的磨难,正在全身心创作"兵团人"系列画时,他患了胰腺炎,被病痛折磨得死去活来。为了未竟的事业,在医生的指导下,他苦战病魔,终于痊愈。这一场病使一米八的汉子的体重降到不足50公斤。身体虽然不如以前,但精神却得到新的锻铸。他立即恢复创作,而且开足马力,全速前进,力求把治病耽误的时间补出来。过度劳累又导致了糖尿病,他被迫再次住院治疗。身体刚有好转,他又立即挥毫泼墨。实在太累无法支撑时,就躺在床上构思、画草图。如此夜以继日,寒暑几易,历经3年又7个月的拼搏,1999年秋天,"兵团人"系列画终于面世。

这组大型水墨人物系列画共50多幅,大的一幅近7平方米,塑造了300多个人物。开荒造田的,拉犁耕地的,开挖水库的,修渠引水的,推车挑担的,背拉肩扛的,开拖拉机的,驾大卡车的;既有天当房、地当床、住窝铺、点油灯、啃干粮、喝冰水的艰苦生活,也有锣鼓喧天、丝竹悠扬、引吭高歌、翩翩起舞庆祝胜利的欢乐场面;既有胡子老兵、壮实小伙,也有稚嫩少年;既有中原奶奶、山东大嫂,也有上海姑娘。他们全是兵团人,个个栩栩如生,洋溢着力可拔山、气能盖世、心雄万夫、志高云天的英雄气概。

与其说这些画是用笔画出来的,不如说是董振堂用他的心、用他的血、用他的生命创造出来的。这是他生活的积累,艺术的诠释,生命的呼唤,精神的张扬。也可以说这些画就是董振堂的生活,董振堂的艺术,董振堂的生命,董振堂的精神。这组系列画在兵团、在新疆一炮打响,被誉为新疆生产建设兵团的一部画史。

但是全国美术界会有什么评论呢?

首都画坛盛赞《边魂》

2001年5月,在北京民族文化宫举办的董振堂画展拨动了首都美术界的神经,也使曾经在兵团生活战斗过的北京人激动兴奋。一时间,它成了画家、美术爱好者和关心新疆兵团者的热门话题。这个展览的名称为"边魂——董振堂兵团人水墨人物系列画展"。

《人民日报》《北京日报》《美术》等传媒,都报道了《边魂》画展在北京"引起的广泛的社会影响和轰动"。首都美术界召开了《边魂》研讨座谈会,对画展给予热情的赞誉。

中国美协常务副主席、画家刘大为说:展览表现了兵团人屯垦戍边的精神面貌,我们的民族太需要这种精神了,需要这种自强不息、自我牺牲的强烈责任感。能够在作品中把这种精神气质再现出来,这是第一成功。董振堂是反映生活、表现生活、讴歌生活的典范。当一些画家处在躁动和迷茫状态之中时,董振堂能够踏踏实实坐下来创作、研究,并咬住一个题材,坚持不懈地干下去,这是非常难得的,也是值得提倡的。

《美术》杂志常务副主编、美术评论家王仲说:这个画展是非常有意义的,它给北京美术界带来了一股清新空气,带来了艺术上的正气。我们的艺术到底应该表现什么?中国美术的审美理想到底是什么?确实到了一个应该认真思考的时候了。董振堂扎根生活,执著地、孜孜不倦地表现他周围的人和事,以及他所敬仰的普通人,这对于我们青年画家具有启发意义。

中国美术馆研究部主任、美术理论家刘曦林说:不像一般画家在新疆只画少数民族,董振堂可贵之处就是抓住了"表现兵团人"这一主题,把兵团的创业史用众多人物形象串联起来,造成一幅屯垦戍边的宏大画卷,体现兵团人的魂魄。

可以说,是《边魂》系列画奠定了董振堂在画坛的地位。

对于水墨画我是门外汉,鉴赏能力有限,又只看过《边魂》系列画的一些复制件,但是它已经深深地感染了我,震撼了我。坦率地说,打动我的是人物身上洋溢出的那种精神,这是时代生活和艺术经历赋予董振堂,而董振堂又植入"兵团人"系列画的。董振堂生于中原,在中原度过求学和青年时代;又在新疆生产建设兵团磨炼、思索、追求了37年。中原文化的博大精深,西北文化的雄浑粗犷,军旅文化的勇武刚毅,军垦文化的拼搏奉献,共同哺育了董振堂。凭借这个功力,他才能洞察"兵团人"的内心世界,并用高明的艺术手段再现给社会。

(原载《河南日报》2003年10月17日)

观庙衙署嘉应观

一、奇特格局,观庙衙署一体

早就知道嘉应观是极富文化内涵的文物保护单位和旅游胜地,但对它的了解却很有限。初夏时节,陪同全国记者协会书记处李存厚书记、国内部孙正一主任等前往参观,回来又检阅了一些东西,才算对它有了初步的认识。

嘉应观位于河南省武陟县城东南二铺营村,离县城13公里。南濒波涛汹涌的黄河,北望雄伟的太行山,西邻碧波荡漾的沁水,东近南北大动脉京广铁路黄河大桥。隔黄河与郑州市黄河游览区及著名古战场虎牢关、汉霸二王城遥相呼应。它是黄河流域现存规模最大、保护最为完整的河神庙,祭祀和研究黄河的第一座庙观,建筑艺术和历史文物价值极高。长江、淮河、黄河、济水,自古以来合称"四渎",各有祭祀它们的庙宇。嘉应观同成都祭祀长江的江渎庙,我省桐柏祭祀淮河的淮渎庙、济源祭祀济水的济渎庙相比,都不逊色,某些方面甚至高出一筹。1963年嘉应观被列为省级文物保护单位。

名为"嘉应观",供奉的自然该是太上老君等道教诸神,但它供奉的却是大禹、河神、风神、雨神,实际是淮黄诸河龙王庙。清朝管理黄河、运河河务的河道正副总督,兼管河务的彰卫怀(彰德:今安阳;卫辉:今卫辉;怀庆:今沁阳)兵备道,衙署就曾经设在嘉应观两侧的东西道院。嘉应观建制布局又仿照北京故宫造型,清朝钦差祭河御史也在此居住。所以嘉应观是亦观亦庙亦衙署的官式建筑群,这种格局极为少见。

嘉应观建于清雍正三年(1725年)。《武陟县志》记载:"嘉应观……雍正初年,以黄河安澜,奉敕建。"意思是说,整治常为水患的黄河,收到安澜之效,雍正皇帝颁发诏旨建造的。这就要从治理黄河说起。

二、治河成功,敕建嘉应庙观

黄河流域是中华民族的重要发祥地之一,黄河哺育了我们的祖先,也给祖先造成过巨大灾难。我们的祖先吸吮着黄河的乳汁,在治理黄河水患中增长了智慧,成长壮大发展起来。一部中华民族史是和黄河紧密相联的。武陟以上,黄河穿山越谷而来,不易为患,被称为"铜头";武陟以下地势平坦开阔,河道左右滚动,是为

"豆腐腰",常常酿成大患,成为历代中枢十分重视的大事。雍正之前,沁河入黄河的河口,在今白马泉到原阳之间9公里没有大堤,黄河迁徙不定,成为最容易决口的一段。康熙六十年到雍正元年,3年之间,黄河在武陟地段4次决口,洪水不仅淹没新乡、彰德、卫辉等地,而且经卫河入海河,直逼京畿、津门。

康熙严旨相关官员全力堵口,治理水患。当时的治河能臣牛钮、齐苏勒、马泰三位钦差,齐集武陟,正在山东巡河的大学士张鹏、英武殿修撰陈鹏年,也奉调前来治河。河南巡抚杨宗仪、河道总督赵世显,更是责无旁贷。康熙还派皇四子雍亲王胤禛亲往武陟督责治河。一时之间,武陟冠盖如云,成为朝廷和全国瞩目的焦点。马营口堵口最为惊心动魄。当时正值汛期,河水暴涨,滔滔洪水顺马营口北灌,形势十分险恶。雍亲王前线换将,把治河不力又有贪污劣迹的赵世显送刑部问罪,让陈鹏年代理河道总督。陈鹏年亲临工地指挥,食宿都不离开。由于水势太猛,4次堵住,又4次决开。陈鹏年再败再战,决不灰心,终于在雍正元年(1723年)正月堵口成功。这时陈鹏年也累得吐血,一病不起。雍正派御医前来为陈治病,但已无力回天,陈总督殉职于马营口工地,可谓死得其所!

曾经亲临工地治河的雍正,对黄河的水势和水患是了解的。他知道只堵住马营口不行,还必须修筑从钉船帮到詹店的大坝,与下游黄河大堤相接,根治沁河河口这一段"豆腐腰",以解除黄河对北方乃至京畿的威胁。他即位不久,任命齐苏勒为河道总督,稽曾筠为河道副总督,专职黄河北岸整防事务,会同牛钮和河南巡抚合力修坝。当年秋天,大坝刚刚建成,就遭遇秋汛,黄河、沁河同时涨水。牛钮、稽曾筠等亲临大坝,指挥民工加高加固,昼夜守护。秋汛平安度过以后,出现奇迹:南岸河道主流攻沙,刷深了河床;大坝背水,泥沙淤积成高滩,变为滩坝。这证明筑坝的决策是正确的,大坝的质量是经得起考验的。雍正二年四月,雍正皇帝亲书"御坝"二字,由有关官员勒石立碑,从此这段大坝得名"御坝"。至今280年,黄河再没在此决口。多少年来,由于河床不断增高,大坝随之加高加厚,已经成为可靠的屏障。这是后话不提。

黄河堵口成功以后,雍正皇帝兑现他在武陟监督治河时的许诺,颁旨在武陟修建大清24个行政单位大小河流的总龙王庙,命河臣齐苏勒总其事。当时国库空虚,财政困难,百废待举,雍正把修建龙王庙作为当务之急,说明他对黄河工程的高度重视。雍正三年二月,龙王庙建成,雍正钦赐御制匾额"嘉应观"。

嘉应观由南北两处组成,据庙产碑记载,占地891亩,楼阁殿亭300多间。南院的戏楼、牌坊等建筑以及为纪念陈鹏年在西道院西侧修建的"陈公祠",都已不复存在。所幸北院保存还算完整,我们现在看到的嘉应观实际是它的北院。北院的主体建筑是三进院落,中轴线长约170米,中轴线上的建筑,从南往北依次为山门、御碑亭、前殿、中大殿、禹王阁。两侧有东掖门、西掖门、东钟楼、西鼓楼，东西更衣殿，东西配殿，东风神殿、西雨神殿及香客房，加上观两侧东西两个三进道院，总计有房200多间。建筑之外，观内保留不少碑刻，雍正撰文的"御碑"就有6通，史料价值和艺术价值都弥足珍贵。

三、巍峨殿阁，河神各得其所

在导游小姐小孙带领之下，走近山门，券门上方青石横书"敕建嘉应观"五个大字格外醒目，显出此观的尊贵。进入山门，前院正中矗立着御碑亭，是伞形六角重檐亭式建筑，覆盖着褚黄色琉璃瓦，形似清朝皇帝之冠。亭内有铜碑一通，由雍正皇帝撰文书丹，盖有"雍正御笔"之玺。碑高4.3米，宽0.95米，厚0.64米。全碑浮雕青龙24条，象征24个节气，又代表清朝全国主要水系的大小龙王。碑座为河蛟，二目圆睁，口吐云气，被认为是黄河为害的祸根，所以要以巨大的"御碑"把它压住。碑座之下有口水井，与黄河相通，水位随黄河涨落。河蛟头上有一洞眼，小孙说从洞眼往里面丢铜钱，能够听到叮咚水声，当年可以据此判断黄河水势大小。此碑为铁胎铜面，铸造技艺精湛。1991年国家冶金部4个研究所专家鉴定：铜和铁的熔点及凝固点都不同，即使利用现代技术铁胎铜面也很难熔为一体。这通碑由皇帝撰文书丹用玺，碑文治黄史料价值之高，铸造技艺之精，碑身之高大厚重，实属罕见，既是该观镇观之宝，也是国家的瑰宝。

再往前走就到了前殿,门首高悬雍正御书"嘉应观"匾额。繁体"应"字少写个"立人儿",不知是何原因。小孙灵性机巧,解释说:皇帝一人独尊,怎么能有两人呢?

前殿之后为中大殿,是嘉应观最大的建筑物,规制为故宫太和殿的缩影。面阔7间,进深4间,长24.01米,宽12.77米,殿基台高1.30米,起架高约15米。孔雀兰琉璃瓦盖顶,气势磅礴,恢弘壮丽。天花板为圆形彩绘的65幅龙凤图,龙腾凤舞,形神逼真,姿态各异,至今色泽如新。经专家鉴定,认为是典型的满族艺术风格,就是在北京也很难见到,堪称价值连城。小孙告诉我们,更为奇特的是殿内没有蛛网,不粘灰尘,不进鸟虫。有人推测所用的是特殊木料,究竟原因为何,留待专家研究。殿内供奉四家大王的蜡像:宋代金龙四大王的谢绪、明代黄大王黄守才、清代朱大王朱之锡和粟大王粟毓美。四大王都有清朝多位皇帝的封号,前两王实有其人,但其治水事迹却是传说附会,后两王则确为治河功臣。

中大殿两侧是东西配殿,殿内供奉十位龙王的蜡像,他们都是彪炳史册的治河功臣。供奉于东殿的是:明朝的白英、潘季驯,东汉的王景,西汉的贾让,元朝的贾鲁;供奉于西殿的是:明朝的宋礼、刘天和,清朝的齐苏勒、稽曾筠和林则徐。据小孙说观内的蜡像都是1992年整修时复塑的。

中大殿之后是禹王阁,面阔7间,进深3间。殿内供奉的大禹坐像高大庄严。大禹开以疏导治水的先河,治水13年,三过家门不入,历史贡献家喻户晓。历代皇帝没有一人有资格敢封大禹,但他祖龙之尊却牢不可摇。嘉应观专建巍峨之阁,让禹以最高神祇统领诸路河神,可谓得其所矣。禹王阁东侧为风神殿,西侧为雨神殿,都是和水有关的民间神。如此隆重地供奉大禹和诸位"龙王"河神,足见期盼黄河安澜对清朝社稷、朝廷是何等重要。

当年为宣扬治河成功、祈求黄淮安澜、表彰治河功臣、祭祀河神而建的嘉应观,给后人留下这么有价值的建筑、雕绘、书法等多方面的艺术,这么有价值的治河史料,恐怕是清朝君臣始料不及的。我们要好好保护它,认真研究它,让它发挥前所未有的作用。

(原载《河南日报》2004年7月13日)

与时俱进的岳麓书院

我曾在一篇文章中说到,抗日战争时期,毛泽东同志为延安中央党校手书"实事求是"四字,源出《汉书·河间献王传》:河间献王刘德"修学好古,实事求是"。其实,毛泽东的题词和湖南岳麓书院的"实事求是"匾额也不无关系。

1917年,湖南工业专门学校搬入岳麓书院办学,校长宾步程手书"实事求是"校训匾额,悬挂于岳麓书院的讲堂。该匾抗日战争中被日军飞机炸毁,现在岳麓书院讲堂檐前的匾额仍是"实事求是",不过是集《石门颂》字另制。

毛泽东和蔡和森是湖南第一师范同学,也是非常要好的朋友。1915年秋,蔡和森离开一师考入湖南高等师范学校,1917年6月毕业。湖南高师设在岳麓书院,毛泽东常到那里与蔡和森及邓中夏等研讨革命理论,有时就住在书院。1918年6月和1919年8月,毛泽东两次寓居岳麓书院,在那里学习和进行革命活动。现在

作者 2002 年在岳麓书院

岳麓书院还辟有毛泽东、蔡和森革命活动纪念馆。毛泽东 1952 年应湖南大学校长李达之请，为爱晚亭题写名字；1955 年到长沙视察时重游岳麓，并写诗一首，末句有"莫叹韶华容易逝，卅年仍到赫曦台"。爱晚亭和赫曦台是岳麓书院有名的建筑物。从其他有关毛泽东青少年活动的记载中也可以看到,他很喜欢岳麓书院的环境,对这里留有深刻的印象。岳麓书院讲堂是该院的核心部分,重要的讲学等活动都在这里举行。南宋两位理学大师朱熹、张栻曾在这里会讲,听众多达千人,至今讲堂中央的讲坛上仍摆着两把坐椅,就是纪念学术史上这段佳话的。如此重要的处所,毛泽东肯定会非常熟悉,那么悬挂于这里的"实事求是"匾额,不会不给他留下深刻记忆和影响吧。

毛泽东之所以对岳麓书院留下深刻记忆,很重要的恐怕是书院的悠久历史、优秀的学术传统和它在中国思想史、学术史上的独特地位。

岳麓书院位于长沙市岳麓山下,正式创办于公元976年,时当北宋开宝九年。由于办学有方,培养了大批人才,因此名列中国古代四大书院。对后世湖湘文化颇有影响的"湖湘学派",就是在这里形成、发展起来的。岳麓书院受到历代朝廷的重视。宋真宗召见岳麓书院山长(院长)周式,并赐给亲书"岳麓书院"匾额;南宋理宗赐给亲书"岳麓书院"匾额;明世宗御赐"敬一箴"及一批经籍;清康熙赐给手书"学达性天"及经籍16种;清乾隆赐给手书"道南正脉"。宋真宗和康、乾所赐匾额至今还在,都是岳麓书院的重要文物。

古代的著名书院都已不再办学,有的遗迹也不复存在,只有岳麓书院,虽屡经变迁却绵延不绝,更可贵的是能够适应形势,与时俱进。在清末教育改革的缓慢进程中,1903年,岳麓书院改为湖南高等学堂。在改制过程中,省城大学堂并入该校。省城大学堂的前身是名噪一时的时务学堂,谭嗣同、梁启超曾在这里任教。辛亥革命以后,又陆续改为湖南高等师范学校、湖南工业专门学校。1926年正式改为湖南大学,今仍其名。当时校名匾额就挂在岳麓书院大门。

经过十几年的修复工程之后,今天的岳麓书院已经部分恢复了原貌,被列为全国重点文物保护单位。作为教育学术机构,它是湖南大学的一部分及对外窗口,有硕士学位授予权,还招收外国留学生。能够体现中华文明特色又仅此可见的书院文化,吸引了中外众多学者、文人和游客。

岳麓书院这个千年学府,培养了一批又一批杰出人才,从这里走出的思想家、学者、政治家、军事家,宛如中华文明长河中的璀璨群星。请看岳麓书院的师长和访院学者吧:除前面说过的理学大师朱熹、张栻之外,还有明代大思想家、教育家王守仁,世称阳明先生;清代大学者王先谦;清代湖广总督、著名学者毕沅;清代湖南巡抚、著名学者吴大澂;清末总督、维新派重要大臣陈宝箴;清代著名经学家皮锡瑞;近代改良派思想家、政治家、戊戌六君子之一谭嗣同;近代改良派思想家、著名学者梁启超……

再看看从岳麓书院走出的学生。俊彦雅士殊多,只就近说清代以下的吧:杰出的思想家、大学者王夫之,世称船山先生;以理财名世的清代总督陶澍;近代启蒙思想家、大学者魏源;清代举足轻重的总督、政治家、学者曾国藩;清代著名总督、军事家左宗棠;与曾国藩、左宗棠并称"清代中兴三名臣"的将领胡林翼;清代外交家、我国第一任驻外大使郭松涛;清代总督曾国荃、刘坤一;曾任民国国务总理的熊希龄;著名教育家、北大教授杨昌济;发动护国战争反对袁世凯称帝的将军蔡锷;老同盟会员、1949年在湖南和平起义的将军程潜;近代资产阶级革命家陈天华;无产阶级革命家、教育家谢觉哉;无产阶级革命家邓中夏、蔡和森和何叔衡;中国共产党的早期领导人罗章龙;著名语言文字学家、北京师范大学教授杨树达和黎锦熙;马克思主义哲学家李达;中国共产党的高级干部何长工、周小舟、甘泗淇……

博大精深的中华文明滋养了岳麓书院,千年学府岳麓书院以发展学术、培养人才为中华文明增添了光彩。

岳麓书院,使我们看到了中华文明与时俱进的品格和生生不已的无限生命力!

(原载《河南日报》2002年1月18日)

山南——藏民族的精神家园

关于祖国的雪域高原西藏,人们都知道拉萨和布达拉宫,很多人知道雄才大略的藏族杰出历史人物松赞干布,大概知道山南及其雍布拉康、昌珠寺的人不多,更少有人知道吐蕃("蕃"音 bō)王朝及其名王松赞干布发迹于山南。其实,西藏的山南地区是藏民族历史文化的发祥地。

对于西藏,我是神往已久,不仅由于它的神秘色彩、雪域景象和民族风情,也由于它的独特历史、民族气质和斑斓文化。本以为今生无缘一睹风采,谁料今年 8 月竟能有此一行,而且到了山南。虽然来去匆匆,浮光掠影,但已大开眼界,稍可了此心愿。

一

2000 年 8 月 8 日上午 9 时许,我们一行 3 人在西藏自治区人大接待科科长的陪同下,乘车从拉萨出发前往山南。先是沿拉萨

2000年作者在西藏考察

河向西南行,至贡嘎机场附近折而向东,再沿雅鲁藏布江行进。柏油公路虽不是很宽,却很平整。一边是挺拔的高山,一边是奔腾的大江,在阳光照射下,山光水色不时变幻,有时简直如在画中。我们一路看风景,聊民俗,说当地掌故,愉快非常。

西藏僧俗两界都有猴子变人的传说,一些文献如《西藏王统记》等有所记载,布达拉宫和罗布林卡等寺庙的壁画也有类似内容。大致意思是:很久很久以前,普陀山的观世音菩萨给一只神猴授了戒律,让它从南海来到西藏贡布日山修行。后来,罗刹女千方百计要与神猴成亲,经观世音菩萨允许,终成秦晋之好。他们生下

2000年作者在西藏考察

6只猕猴,被送到山下果树林中觅食生活。日久天长,繁衍的猴子越来越多,而林中的果子却越来越少。观世音菩萨把须弥山的五谷种子撒向名叫"索当"的一片土地,众猴自此有了新的食物,并学会了种植。斗转星移,寒暑交替,多少年过去了,劳动逐渐使猴子变成了人,成为西藏的先民。"索当"因而被视为西藏的第一块庄稼地,神猴修行的"猴子洞"更被尊为神洞,不断有人前往上香礼佛。

闲聊中我问科长:"'猴子洞'和'索当'似乎就在山南吧?"

"对头。"西藏和四川关系特别密切,"川味儿"很浓,科长时出

2000年作者在西藏考察

"川腔","现在我们要去的泽当镇,是山南行署所在地。'泽当',藏语的意思是'玩耍坝',或'猴子玩耍的坝子'。所谓'经书莫早于《邦贡恰加》,农田莫早于索当,宫殿莫早于雍布拉康,国王莫早于聂赤赞普'。这'四早'都源于泽当一带。'猴子洞'和'索当'同属山南地区的乃东县,离泽当镇都不远。历来认为山南是藏民族文化的发祥地,特别是泽当周围这一区域。"

"那我们可以去那两处看看了?"我的一位年轻同伴高兴地说。

"NO,NO。咱们在山南的时间实际只有半天,只好拣更重要

的看。

不知不觉就到了泽当镇,时间大约在12点多一点儿。

二

午饭后稍事休息,山南地区人大工委秘书长陪我们乘车前去参观雍布拉康和藏王墓。

雍布拉康原先是座宫殿,公元前2世纪初,由西藏第一个王聂赤赞普建造,相传为西藏第一座宫殿,演变为寺庙是后来的事情。出泽当镇车往东南行10多公里,就看到雅砻河东岸矗立着一座山,虽不算高,却很雄壮,这就是觉姆扎西次日山。

"你们看,这山像不像一只侧卧的鹿?"秘书长问道。仔细一看,是有那么个意思。

"藏文意译,'雍布'是'母鹿','拉康'是宫殿。'雍布拉康'就是'母子宫'。"秘书长一字一句地说。他是藏族人,普通话发音虽说不上准确,但讲得清楚、流利。"据传文成公主进藏以后,有一段时间夏天就住在这里,吐蕃历代赞普(相当汉族的王)也常来此小住。后来西藏政治中心转到拉萨,雍布拉康才逐渐失去它昔日的地位。民主改革以后,这里被列为文物古迹保护单位,凡来山南观光朝拜的人,无不到此一游。"

翘首仰望,雍布拉康规模虽不算大,但因雄踞山巅,历尽沧桑,给我的印象是雄伟壮观。通向山顶的是一条"之"字形的砂石坡路，我们一行徒步顺路而上。路尽之后，是石砌台阶。拾级而上，就到了寺院的前部，是一座3层楼房。穿过门庭，是宽三间、深四间的佛堂。佛堂后部有聂赤赞普、松赞干布等历代赞普和文成公主、尼泊尔公主等人的塑像，据说是西藏早期的作品，后部是一座碉楼式的高层建筑。这座建筑前面有一个平台，站在平台俯视下面，雅砻河蜿蜒北去，河谷是大片肥沃的农田。小麦穗头微黄而叶秆碧绿，大块麦田中间夹着小块开着黄花的油菜、开着紫花的荞麦，宛如一幅硕大的油画。秘书长说小麦亩产500公斤呢。这种景象恐怕出乎很多内地人的想象。

三

我们原路下山，登车前往藏王墓参观。藏王墓位于和乃东县毗邻的琼结县，是吐蕃时期藏王们的墓葬群，已被国务院列为国家重点文物保护单位。吐蕃王朝的都城不是在拉萨吗？怎么王墓又跑到山南了？这是有其历史原因的。据史籍记载，公元6世纪初，聚集在雅砻河谷，也就是山南的乃东、琼结一带的雅砻部落崛起，先后兼并了邻近部落，建立了著名的吐蕃王朝。7世纪初即位的松赞干布，是第32代藏王。他统一了西藏，才把都城迁到拉萨，此后，拉萨逐渐成为西藏政治、经济、文化的中心。因为山南是藏民族历史文化的发祥地，吐蕃仍然在意经营，王朝的一些重大国事活动还在山南举行，藏王死后才葬在那里。

车到琼结县城,秘书长手指前方那些拔地而起的"小山包"说:"你们看,那就是藏王墓群。它东西长约 2000 米,南北宽约 1400 米,总面积约 305 万平方米。"

"啊!一共有多少个墓葬?"

"确切数目历来说法不一。根据《贤者喜宴》《西藏王统记》等资料记载,共有 21 座墓葬,现在能看到的只有 19 座。墓群可分为两个区,彼此相距约 800 米。一区在木惹山麓和河谷谷地,有墓 12 座;二区在东嘎沟口,有墓 7 座。"

说话之间,车已开到墓群脚下。眼前这座墓就在公路边上,我们一行踏着石砌台阶而上,边看边听秘书长介绍。"你们看,墓群大多是石板夹层或夯土结构。最大的墓边长 180 米,最小的 30 米。"登上墓顶平台,放眼看去,墓的形状有方形平顶和梯形平顶两种。墓前什么都没有,不像宋陵、明陵、清陵那样,有神道和石人、石兽。

"墓主都能说得清楚吗?"

"由于年代久远,史籍不详,墓主众说纷纭,难以定论。不过松赞干布等 3 位赞普的墓葬说法较为一致。松赞干布的墓在琼结河畔,由土、木、草、石等筑成,结构较为复杂。墓高 13.4 米,建筑宏伟壮观。有关资料记载,墓内中间是'神殿',安放松赞干布的遗体,伴有大量金银玉器;神殿周围还有 4 座殿堂,各有门道互通,殿内存放松赞干布生前用过的兵器、生活用品和邻国赠送的珍贵礼品。据说还有用纯金铸就的骑士呢!"

踏阶而下,到公路上时已是6点半了,来不及看其他墓葬就折回泽当镇。

四

晚上,山南地区党委副书记尤习贵和人大工委主任(藏族)陪我们吃饭。尤书记是援藏干部,赴藏之前在湖北省委组织部任职,和我们省委组织部王笑南副部长是朋友,让我们代为问好。他的名片上还有一个藏族名字——楚南平措。据尤书记解释,他是湖北人,现在山南工作,所以头两个字分别为"楚"和"南"。仅此一端就可看出他对藏族人民的感情了。席间,尤书记对山南和藏族人民赞不绝口,"土地肥沃,物产丰富,是西藏的粮仓";"历史悠久,文物众多,文化底蕴厚重";"山雄水秀,景色诱人,雅砻河景区是国家级风景名胜区";"藏族同胞爱国爱藏,勤劳勇敢,质朴豪爽"……侃侃而谈,豪情四溢。在他的感染之下,我的一位同伴禁不住站起来说:"尤书记,请您帮帮我的忙,让我也来山南援藏吧!"

"机会会有的。你们应该多看些地方,像昌珠寺、桑耶寺、'神湖'、雅砻河景区的一级景点等等。"

一位藏族干部立即接上来说:"就是,好看的地方太多,你们看得太少。就像'神湖'吧,没看太可惜。"

"请您给讲一讲,不能一饱眼福,就一饱耳福吧。"

"好!'神湖',藏名拉姆纳木错,是'天湖'的意思。它在我区加查县境,面积约1平方公里。站在5000多米高的雪峰往下看,湖水深蓝,清澈明净,显得神秘而又虚幻。民间传说,只要你虔诚祝祷,凝望神湖,湖中就会出现某种幻影,启示你今后的命运。就连历代达赖和班禅的转世灵童,也要通过观察神湖显现的幻影来寻找呢!"

"请您具体说说怎样通过观察神湖幻影寻找转世灵童,好吗?"

"那既神秘又复杂,可不是谁都知道啊。"

在谈到藏民族的音乐舞蹈时,我们请尤书记唱一支藏歌。尤书记欣然答应,随即站起身来,先用普通话唱,又用藏语唱了一遍。曲调优美动听,唱得更是声情并茂。大家一边静听,一边合着节拍击掌。受这种气氛的感染,我的一位女同伴离席以藏族舞蹈为他伴舞。歌舞结束,响起一片热烈的掌声。晚餐尽欢而散。

夜里躺在床上,我还在想着山南。明天早上我们就要离开了,但是,西藏的山南,山南的历史,山南的文化,山南的山水,山南的景象,山南的气息,特别是山南哺育的雪域骄子——我们的藏族兄弟姐妹,将永远留在我美好的记忆里。

(原载《河南日报》2000年9月13日)

想起一九〇〇年

当 2000 年的钟声响起来的时候,举国一派欢腾,五洲四海同庆。看着电视屏幕上不同肤色的人们以不同的语言、不同的形式,告别旧千年,喜迎新世纪那五光十色的热闹场面,我的思想之舟却不由得驶向了 100 年前,想起了中国的 1900 年。

那一年,中国发生了一件震惊世界的大事,义和团运动在天津、北京闹得红红火火,势若燎原。天主教堂,烧!外国租界,攻!东交民巷使馆区,冲!混乱之中,连德国公使克林德大人也被枪杀了!"洋鬼子"呢,先是坐不住,睡不着,慌了神,乱了套。经过一番密谋,决定趁机武装侵略。于是,英、美、奥、意、俄、法、德、日八国联军,凭其先进的军事组织,厉害的洋枪、洋炮,先破天津,后陷北京。清廷"老佛爷"慈禧太后,惶惶然若丧家之犬,先逃往太原,又逃往西安。侵略军在天津、北京烧杀抢劫,无恶不作,犯下滔天大罪。在北京王府井,一次就杀害义和团民 1700 多名。联军总司令瓦德西给他德国皇帝老儿的报告中供认:"联军占领之后,曾特许军队公开抢劫3日,其后更继以私人抢劫。北京居民所受之……损失,其详数将永远不能查出,但为数必极重大无疑。""强奸妇女、残忍行为、随意杀人、无故放火等行径,为数极属不少。""文明"的西方侵略者之野蛮、残暴、无耻,又来了一回充分的表演,让中国人、东方人、西方人再一次大开眼界。

义和团民——农民、手工业者、贩夫走卒,不甘忍受洋人的侵略欺凌,高喊"扶清灭洋",揭竿而起,面对不知如何对付的洋枪洋炮,以血肉之躯,拼死肉搏。其志可嘉,其勇可歌,炎黄子孙永不可忘!但那个社会,那个时代,给他们造成的愚昧,也实在可悯。对西方强盗的本质缺乏认识,对清廷的阴谋更难识破;对洋人一概打倒,洋文化一概排斥;信神弄鬼,自欺欺人。在西方侵略者的武装和"文明"面前,在自己本来要"扶"的清廷的利用又镇压面前,必然是血流成河的下场。

好在义和团民的热血没有白流。他们的尸体惊醒了中国人,列强的枪炮教训了中国人。5年之后,1905年,中国第一个资产阶级革命政党中国同盟会成立;再过6年,1911年,辛亥革命推翻了清朝的腐朽统治,永远结束了2000多年的封建帝制;又过10年,1921年,中国共产党诞生。从此,中国历史进入了新时代。尽管荆棘重重,曲折复杂,但毕竟坚冰已经打破,道路已经指明。不是吗,28年之后,1949年,伟大的中华人民共和国宣告成立;又过50

年,初步繁荣昌盛的中国,屹立在世界的东方!

百年中国历史,弹指一挥之间;可歌可泣斗争,英雄彪炳青史。愚昧必定失败,落后就要挨打;只有科学道路,才能复兴中华。这些既是用鲜血换来的历史经验,又是当代中国人的现实责任。道路还很长,困难会更多。炎黄子孙们同心同德,自强不息,披荆斩棘,向着胜利前行!

(原载《河南日报》2000年1月11日)

"北京的敦煌"——云居寺

1994年12月上旬，出差北京的一个星期天，北师大老同学、《北京日报》京郊版总编辑唐应生，邀我到云居寺一游。虽然过去

作者和唐应生在云居寺

曾在北京学习、工作 20 年,却从没去过云居寺。苍莽的北国山色,众多的文物古迹,特别是名闻遐迩的云居寺"三绝"——石经、纸经、木版经,使我大开眼界,引起我极大兴趣。回来翻检了一些相关资料,收获良多。

一

云居寺在京郊房山区白带山下。驱车西南行 70 多公里,白带山的雄姿就展现在眼前。该山属太行山脉,海拔 500 多米,以山巅常有白云如带而得名。曾任中国佛教协会副会长的著名佛学大师周叔迦,为《白带山志》作的序文,称白带山"黄陂万顷,翠崿千重,峰峦秀峙,林木蔚跂";"奇峰危壑,怪石珍草,嘉木荟翳于幽涧,硐道曲盘于晴空,可以荡游客之襟胸,赏诗人之心目"。寒冬时节,虽难现满山郁郁葱葱,却更显出山石之嶙峋挺拔。

山有白云萦绕,山间之寺名之"云居",颇富诗意。云居寺始建于唐朝初年,之后历代修葺,蔚为壮观。寺院依山构筑,坐西朝东,有五进院落,中路是天王殿、毗卢殿、释迦殿、药师殿、弥陀殿、大悲殿 6 座殿宇,左右两路有行宫、僧舍,南北有两塔对峙,形制庄严宏伟,晨钟暮鼓震荡群山。可惜这座千年名寺,在 20 世纪 40 年代毁于日军炮火,只留下了古塔、碑刻等遗迹。不幸中之大幸,是封埋于暗洞深穴的石经逃过了劫火,得以保存。改革开放年代,国家非常重视文物古迹的修复维护。1984 年 4 月 1 日,当时的北京市长亲自主持云居寺现场办公会,决定修复云居寺,并成立云居寺修复委员会,中国佛教协会会长赵朴初居士任名誉会长。将近10年的修复工作,成效卓著。现在重建的云居寺五进院落、6座殿宇已初具规模,从1987年10月起,对国内外游人开放。

云居寺周围2平方公里范围内,由云居寺、藏经洞和唐、辽塔群,构成我国古代佛教文化一大宝库。特别是该寺因为珍藏着1.5万多块石刻佛教经版,被誉为"北京的敦煌",举世瞩目。1961年,该寺被国务院公布为全国重点文物保护单位,1992年7月又被评为"北京旅游世界之最"。

二

可以说,石经是云居寺之魂。

云居寺是伴随着刻造石经而兴建发展起来的。以石为册页镌刻佛教典籍的壮举,由隋朝大业年间(605-617年)僧人静琬(也称净琬、知苑)所开创。静琬是北齐南岳慧思大师的弟子。《帝京景物略》记载:慧思"虑东土藏教有毁灭时,发愿刻石藏,閟封岩壑中,以度人劫"。北魏太武帝、北周武帝发动的灭佛运动,焚毁寺院经像,强迫沙门还俗,使佛教遭到沉重打击。慧思鉴于两次灭佛的教训,决心以此方式确保佛教的发扬光大。静琬法师承师遗愿,在隋炀帝的萧皇后及其弟内史侍郎萧瑀大力支持下,开始了刻造石经的伟业。静琬生前30年间,刻经不辍,后来唐、辽、金、元、明各朝继续刻经,绵延千余年之久,并先后在白带山上建造了9座石洞,珍藏石经。一洞经石贮满,便封锢洞门,因而白带山又名石经山。据《涿州涿鹿山云居寺续秘藏石经塔记》记载,辽"天庆七年(1117年),于寺内西南隅穿地为穴",将所刻石经"藏瘗地穴之内,上筑台砌砖,建石塔一座,刻文标记,知经所在"。此后,所刻的石经都陆续藏于这个地穴之中。金朝明昌(1190-1196年)以后,此穴再没有被开启过。

除《帝京景物略》《白带山志》外,《长安客话》《日下旧闻考》《房山县志》等书,对云居寺石经都有记述。本世纪以来,国外学者对云居寺石经也很注意,有人写了很有价值的著作。20世纪30年代,法国人善意雅曾到石经山考察,并撰写了《房山游记》。日本学者塚本善隆把收集到的资料整理研究,在30年代著成《石经山云居寺与石刻大藏经》,洋洋数十万言,成为传世之作。但是,古人和国外人士对云居寺石经的记述和研究有一大缺憾,就是都没有机会看到石经的全貌,所见有限,研究欠深。

三

新中国对云居寺石经的发掘整理和研究十分重视。1956年3月12日,开始筹划石经的发掘拓印工作。藏经洞原无编号,发掘时依先右后左顺序,将下层两洞编为第一、二洞,上层七洞编为第三、四、五、六、七、八、九洞。4月21日,周叔迦居士亲临现场,首先打开第三洞洞门,搬出石刻经版拓印,每块经版都编上号码,各拓印7份,然后归还原洞保存。各洞经版大小不一,大者高250厘米,宽60厘米;中者高160厘米,宽62厘米;小者高46厘米,宽76厘米。9洞石经共计4196块,加上洞内外残石,则为4978块。1957年底,9洞石经编号拓印工作圆满结束。

地穴石经的发掘拓印开始于1957年夏季,周叔迦居士又亲临现场指导。前面所说天庆七年穿穴藏经时建造的有刻文标记的石塔已不复存在,好在还有另外的线索:天庆七年《大辽燕京涿州范阳县白带山云居寺释迦佛舍利塔记》载:"此塔前相去一步在地宫有石经碑……"释迦佛舍利塔就是毁于炮火的南塔,当时只剩一个土丘,杂草丛生,但找到了塔基。8月1日开始勘测,7日下午在南边探沟左端发现石经版,并探明了地穴的四至。地穴南北长19米,东西宽10米,深5米。至此,埋藏800年左右的辽、金时期所刻石经得以重见天日。抬出地穴拓印之前,先按原来经版排列顺序就地编排号码。穴内石经总计10082块,比山上9洞石经保存得完好。至1958年底,拓印工作全部完成。1959年,在云居寺修建石经库房1000平方米,以存放这批经版。1980年,增建了石经库房1000平方米和石经陈列馆。

四

在导游小姐的带领下,步入石经馆,眼前一派石碑之林,气象森然。这是一段历史和一种精神的象征。为陈列石经专门设计制作的框架，分为上、中、下三层，经版整齐地横排其中，每版的编号清清楚楚（见图一），除少数因在地穴内重叠摆放被压断有所损伤外，一般字迹清晰。字体端庄秀丽，刻工大多纯熟流畅。

图一

出云居寺东行 2 公里，沿着蜿蜒的山间小道，攀登到海拔 450 米将近山顶处，就到了藏经洞。石洞依山开挖，有的洞前还有汉白玉石栏杆。8 个洞是封闭式的，不能进入，但洞门上方有不大的石窗，从窗口可以看到满洞都是摆列大体整齐的石经版，一般是下层竖立排放，上面再横放或平摆一层，只有第五洞雷音洞，又称华严堂、石经堂，洞门敞开。踏进雷音洞，洞内宽广有如殿堂，是不规则的方形，每面 10 米左右，这是石经山上最早的也是最大的一座藏经洞。唯有这个洞里的石经版不是密置于地面，而是镶嵌在四面的壁上，共 146 块，是静琬早期所刻。洞中有 4 根石柱支撑洞顶岩石,柱呈八面形,各面都雕有佛像,共1056躯,这就是隋代留下来的千佛柱(见图二)。有记载说这些佛像都是镶金的,但历经千年,破坏严重,现在不但看不到金箔,连完整的佛像也不多了。

图二

虽然下了白带山,离开了藏经洞,但那一块又一块的经版仍层层叠叠地塞满我的脑海,无法挥之而去。藏于山上9洞和寺中地穴的石刻经版总称为"房山石经",共计1.5万块有余(含少量残石),刻经1122部,3572卷。若把这些经版接连排列,其长可达20公里。这是我国现存规模最大的石刻佛经,也是世界上最古老、最宏大的石刻图书馆,因而赵朴初誉之为"国之重宝",称云居寺为"北京的敦煌"。

五

房山石经,价值连城。

佛教经籍有印刷本、手抄本和刻石。石经没有辗转抄刻的讹误,最为真实可靠。此其一。从房山石经中发现了一批中外都已散失湮灭的佛教典籍和有关序文,实为难以意料的重大收获。此其二。特别重要的是房山石经所依据的底本。唐开元二十八年(740年)王守泰撰《山顶石浮图后记》载:开元十八年,唐玄宗的八妹金仙公主奏准皇帝赐给大唐新旧译经4000多卷,供云居寺作为刻造石经的底本。皇帝所赐之经,肯定是校正无误的官方正本,而且这批经卷是长安崇福寺沙门智昇亲自护送到石经山的。智昇是版本目录学家,他编撰的《开元释教录》,为唐以后历代编印大藏经的主要依据。有关专家推断,直到辽代初期所刻石经都是以玄宗赐经作底本的,辽代以后所用的底本,一些专家认为是《契丹藏》。1974年,从山西应县佛宫寺木塔内的大佛中发现《契丹藏》12卷,其编号、版式、行数、字数和房山辽刻石经完全一样,证实了上述看法,而且有资料说明,以《契丹藏》为底本,一直沿用到金代明昌时期。《契丹藏》就是《契丹大藏经》,为辽国所精心刊行。辽国是契丹族建立的,极为崇尚佛教。唐玄宗所赐之经和《契丹藏》都是绝世不传的善本,主要以这样的善本为底本刻造的房山石经,其珍贵程度自不待言,它是校勘历代木刻、手抄佛教典籍的最好版本。闻名中外的《中华大藏经》的出版,就曾以房山石经校勘。此其三。房山石经中的经末题记,内容十分丰富,从不同侧面反映了当时经济政治、社会生活、文化艺术等方面的历史状况。此其四。

最后,它还反映了隋唐以后各个时期石刻艺术和书法的演变历程。

如此丰富的宝藏,无疑需要下工夫整理和研究。由于中国佛教协会、有关研究和出版部门的共同努力,1978年以来,已有一批著作问世,如《房山云居寺石经》《房山石经》(拓片影印本)《房山石经之研究》《房山石经题记汇编》等。随着整理和研究工作的深入开展,房山石经必将拂去岁月的尘埃,更加璀璨辉煌。

六

云居寺最使人倾倒的东西,除石经之外,还有它另外两绝——纸经和木版经。

在云居寺大悲殿北侧的一座殿堂里,存放着纸本经约两万来卷,绝大多数为明代刻印本和手抄本。明朝起初建都南京,明成祖迁都北京之后,南京实际是为陪都。南北两京刻印的经本分别称为南藏和北藏。云居寺中,明南藏约近3000卷,经文中有"南京聚宝门外徐龙山印行"的题记,有关专家认为是永乐年间(1403~1424年)的印本;明北藏约7000余卷,是正统五年(1440年)的印本。此外还有单刻佛经4000来卷,多数刻印于明代;藏文经卷4种,1000来卷,大约是最早的藏文经卷;手写佛经,多为明代抄本,最早的书写于1540年。这些明代刻印本和手抄本有极其宝贵的文物价值和文献价值。

在释迦殿、弥陀殿南侧有几座庭院式仿古建筑,这就是储藏木版经的展馆。木版经是印刷《龙藏》所用的木质雕版。《龙藏》又称《清藏》或《乾隆朝大藏经》。宋代开宝四年(971年),我国刻了第一部"大藏经"。"大藏经"是汉文佛教经典的总称,内容分经、律、论三藏,包括天竺和中国的佛教著述。其后,宋、辽、金、元,迄于明朝,公私刻藏该经十多部,可惜屡经丧乱,经版都已不存。清代雍正、乾隆两朝,整编重刻大藏经,乾隆三年(1738年)刻成,世称《龙藏》。赵朴初居士在《〈乾隆版大藏经〉重版发行序》中称:"《龙藏》博采旁搜,包罗宏富,达7800余卷,合计经版79036块,梵笑精美,为世界上最大的木刻书版。"全部经版都是选用上好梨木,刻工精细,字体劲秀,佛像和版面生动美观。这套经版为我国现存唯一的大藏经版,是一宗珍贵的历史文物。它最初储藏在清宫武英殿,后存放于北京柏林寺,1980年迁至北京智化寺,1989年又移到云居寺珍藏。

《龙藏》集佛教传入中国1700多年来译著之大成,包括历代流传下来的佛教经典和佛学研究著述,是人类文化史上罕见的巍峨丰碑,凝聚了中国世代人的聪明智慧和辛勤劳动,为研究佛学、哲学、历史、文学、艺术和佛经翻译工作的宝贵文献。这部佛教大典当初只印刷100部。鉴于完整的《龙藏》已经极少,前不久中国佛教协会和文物出版社共同将它重印发行,定名为《乾隆版大藏经》,在国内外佛教界、学术和文化界引起强烈反响。

踏访云居寺,尽管是个星期天,但遇到的游客不多,比起其他

游人如云的名寺古刹,藏于山间的云居寺显得有些空寂。我们的车驶离白带山的时候,远远还能感觉到它那如在云端的肃穆,冒着风寒远程前来拜谒,得以亲睹云居寺"三绝",一窥"北京的敦煌",此行不虚,快哉快哉。

(原载《河南日报》1994 年 12 月 25 日)

"佛指舍利"答客问

问:近日,媒体连续报道了法门寺"佛指舍利"赴台湾瞻礼的消息。"佛指舍利"这个词儿,很多人是第一次听到,您能作一些介绍吗?

答:可以说一点儿。先说"舍利",它大体上是梵文 SARIRA 的音译,意译则为"身骨"。本来专指佛祖释迦牟尼火化后留下的固体结晶物。后来,圆寂(即逝世)的高僧大德,遗体火化以后,留下的固体结晶物,也泛称为"舍利"。据记载佛教事迹的《法苑珠林》说,"舍利"有三种,一是白色的骨舍利,二是黑色的发舍利,三是赤色的肉舍利。

再说"佛指舍利"。法门寺的"佛指舍利"的确是释迦牟尼的遗骨,是佛祖的手指骨舍利,又被称为"灵骨"、"佛骨",唐朝时候被尊称为"真身",是全世界唯一的佛祖指骨舍利。它长 40.3 毫米,重 16.2 克,内空方正,上下贯通,色白如玉,微黄。也有人说它不是真正的手指骨,而是"指骨形状"的舍利。除了这枚"佛指舍利",法门寺还有三枚"影骨",是唐朝时候仿照"真身"人工制造的。"影骨",顾名思义,是"真身"的影子。为什么造"影骨",一种解释是"真身"太神圣了,害怕万一失盗、劫毁而采取的一项措施。

在佛教徒看来,不论是"指骨舍利",还是"指骨形状"舍利,或者是"影骨",都是圣物,都具有无限法力。

问:这枚"佛骨"是从哪里来的呢?

答:简单说,是从印度传来的。相传大约2500年前,佛祖释迦牟尼圆寂,遗体火化之后,留下众多真身舍利。根据《法苑珠林》记载,统一印度半岛的阿育王皈依佛门,他把保存的84000份释迦牟尼舍利分别散施给各国,建塔供养,其中19份传入中国。阿育王的主要活动时间为公元前3世纪后半期,"佛骨"到达中国的具体时间不详。东汉桓帝(147－167年在位)时,全国建立19座宝塔,妥为保存舍利,其中一份保存在阿育王寺,即今陕西省扶风县的法门寺。

问:从有关报道看,"佛指舍利"在佛教界地位非常高啊!

答:的确是这样。全世界仅存的释迦牟尼指骨舍利被视为佛法和佛教文化的象征。信仰佛教的人认为,只有释迦牟尼的舍利白润如玉,硬如金刚,击之不碎,烧之不化。依据佛教义理,法门寺指骨舍利是佛教智慧和法力的高度结合,是物质和精神的高度结合,是佛教的至高圣物,具有至高的地位。

佛教的修行和实践可以概括为"上供下施"四个字。"上供",就是供养佛菩萨和修行比自己高的人;"下施",就是施舍修行不如自己或者物质生活不如自己的人。对广大信众来说,尽力供养就是信仰实践本身。供养"佛指舍利"为无上功德,是佛教信徒最大、最高的心愿,如能有此机缘,必须诚心诚意瞻礼,是为精神致敬;竭尽全力供养,是为物质致敬。1994年"佛指舍利"赴泰国供奉时,泰国国防部长亲率4架飞机护航,国王、王后和15万人前往瞻拜。

问:从东汉桓帝算起,至今也有1800多年,"佛指舍利"怎么能保存得这么好?

答:"佛指舍利"为佛家至高至圣之宝,也受到历代统治者的高度重视,这是保存完好的重要条件。要具体说,还可举出以下几点。第一,精心构筑地宫,安放"佛骨"和供养宝物。法门寺塔立于地宫之上,是专为供养"佛骨"而建,意在以塔镇宫,而且从古至今,地宫及塔的位置没有变动。

第二,法门寺建于何时,"佛骨"何时置放于寺之地宫,记载不详,难有定论。一般认为首次开启地宫、供养"佛骨"的时间为元魏二年,即公元555年。此后26年,历史进入隋朝。隋文帝杨坚生于尼寺,笃信佛教,重视保护法门寺。继隋之后的唐朝,佛教大盛,法门寺成为皇家寺院、御用道场,由于供奉镇国之宝"佛骨"而管理更为森严,不向一般人开放,能够入寺的人,一般只能从事供奉、祈祷活动,而不能瞻仰"佛骨"。住持由皇帝钦命名号,寺内有监寺使,代表皇帝监督。虽然大体30年有一次迎"佛骨"活动,但只向皇室开放。

第三,法门寺地宫于咸通十一年(874年)封闭之后,直到1987年之前,再没有打开过。1113年的长期封闭,"佛骨"得以完好无损。

问:历经灾害、兵火,法门寺塔总会有毁坏和重建,那难免影响"佛骨"的保存吧?

答:这就要说到第四,宝塔虽曾几次毁坏、重建、修缮,但主事者深知兹事体大,害怕成为千古罪人,都没敢动扰地宫。如明神宗万历七年,重修宝塔时曾发现地宫,出于宗教虔诚,没有打开宫门。又如1939年,卸职的国民党将领朱子桥,以工代赈修缮宝塔时又曾发现地宫,他和知情者盟誓保守秘密,永不外传。因而其后地宫能够安然无恙。

问:"文化大革命"中也没有损坏吗?

答:"在劫难逃"啊!当时"红卫兵"刨挖宝塔底层,距地宫顶部不到40厘米。住寺法师引火自焚,以身护法。"红卫兵"受惊散去,地宫免遭劫难。

长达一两千年,历经灾害、动荡、战乱,"佛指舍利"保存完好,成为中华民族的无价珍宝,真是不容易啊!我们要对所有为保存

"佛骨"做过好事的人们说一声:谢谢,谢谢!

问:刚才您说30年有一次迎"佛骨"活动,是怎么一回事?

答:唐代的迎"佛骨"是皇室直接组织的崇佛活动,皇帝派人到法门寺把"佛骨"迎到都城长安或东都洛阳,举行多种法事活动,然后再将"佛骨"送还法门寺。这种规格最高、规模最大的崇佛盛典,由唐太宗之子高宗李治首开其端。有唐一代,共举行了6次,大体30年一次。迎"佛骨"活动大大提高了佛教在全国的地位,法门寺也由此成了北斗独尊的大寺。

问:说起迎"佛骨",倒想起韩愈很有名气的《谏佛骨表》,不知是不是由此事引起的?

答:正是,发生在唐代第五次迎"佛骨"时。元和十四年,唐宪宗下诏迎"佛骨"。皇室、亲贵、富家竞相瞻礼、供养,唯恐落后于人。"有倾家充施者,有断臂燃顶者",大肆奢靡,沸沸扬扬。以维护和传扬儒学为己任的刑部侍郎韩愈上《谏佛骨表》,拼死相争,尖锐地批判迎"佛骨",甚至提出将"佛骨""付之水火,绝佛教之根本,破百姓之愚妄"。正在崇佛兴头上的宪宗大为恼怒,要将韩愈处以极刑,经宰相和众多大臣求情,改为远贬潮州刺史。韩愈诗句"一封朝奏九重天,夕贬潮州路八千",就是指的这件事。

唐代最后一次迎"佛骨"是咸通十年,佛骨到达长安时,懿宗亲自恭迎,"顶礼泣下","宰相以下竞施金帛,不可胜纪"。第二年正月,"佛骨"回到法门寺,和大批供养宝物一起被封藏于塔下之地宫。自此以后直到1987年前,地宫再没有开启过。

问:那么,一千多年没有开启过的地宫是怎么被发现的呢?

答:说来很有意思。1981年8月24日,法门寺塔发生坍塌,有关部门决定重建。1987年清理塔基,准备建新塔时,发现了塔基之下的地宫。经考古工作者探明,地宫长21.12米,面积31.48平方米,形制类似帝王陵墓,是目前世界上最大的佛塔地宫。"佛指舍利"安放在壸门座玉棺中,玉棺外套刻有45尊造像,"佛骨"和3枚"影骨"之外,还有唐朝帝、后等皇室为"佛骨"供奉的宝物,总计2000多件。这些宝物都是唐朝顶尖的精品,而且几乎没有重复件,大部分是一级甲等文物。有人说,法门寺地宫文物代表了唐代文化的金字塔;从反映宫廷文化、佛教文化的角度讲,堪称独一无二,甚至可能是空前绝后。因而这次考古发掘被视为"佛教和唐代考古的最重要发现"。法门寺考古发现震惊了世界,被誉为"世界文化史上的第九奇迹"。

问:我们中华文明真不得了!可是,怎么断定它是佛祖释迦牟尼的指骨舍利呢?

答:问得好。就是最有经验的考古专家也没有料到,地宫中还发现了咸通十一年封闭地宫时立的《大唐咸通启送岐阳真身志文》碑和《监送真身使供养道具及恩赐金银衣物帐》碑。前碑所记是关于迎还"佛骨"(即"真身")的情况;"岐阳"就是今天的扶风县。后碑是供养宝物的账单,它不仅记载了器物的名称、重量,还记载了器物的大小尺寸和简单的工艺方法。两碑中的"真身",特指佛祖释迦牟尼指骨,说得明明白白,哪枚是"真身",哪枚是"影骨","志文"碑也记载得清清楚楚。这就铁案定论,省却多少考古和文物专家的精力,免去多少可能发生的笔墨官司。

（原载《河南日报》2002年3月1日）

喜看毛书"实事求是"石刻

早就知道革命圣地延安中央党校大礼堂正门上方有毛泽东题写的"实事求是"石刻,但从来无缘一睹真貌。最近有机会参观延安革命纪念馆,十分高兴地看到了石刻原物。

毛书"实事求是"石刻陈列在纪念馆第四展厅。四块石头,都是二尺见方,每石上刻一字。四字苍劲有力,十分清晰。询问工作人员,又翻检了有关资料,大体弄清了这个石刻的原委。

延安中央党校是当时培养党的高中级理论干部的学校。为了给学员提供较好的学习环境,活跃教职员工的精神文化生活,1943年,中央党校修建了一座大礼堂。它占地 1200 平方米,可容千余人开会。当时条件非常艰苦,财政极为困难,相比之下,这座建筑简直可谓"富丽堂皇"。礼堂将要竣工之时,人们左看右看,虽然感到雄伟宽敞,可总觉得似乎少点什么。有人提议在礼堂正面挂幅题词,可收"点睛"之效,大家觉得是个好主意。请谁题词呢?

都认为当时延安著名学者、历史学家范文澜先生是合适人选。范老欣然答应。中央党校大礼堂正面的题词,必须体现时代精神,适合这座建筑的性质和特点。范老思之再三,试写了几条,自己都不满意,于是建议去请毛泽东题写。

毛泽东高兴地接受了党校同志的请求,当时就让人拿来四张二尺见方的麻纸,秉笔稍作沉思,便饱蘸浓墨,一挥而就,"实事求是"四个大字立即跃然纸上。题词到了党校,看到的人无不喝彩。当时延安正在开展整风运动,"实事求是"可以说是整风的中心内容,虽然只有四个字,却不仅是中央党校师生的心声,也反映了全党的心声。从书法上说,四字庄严雄健,苍劲潇洒,正是共产党人的风骨。大家一致认为再也不可能有比它更合适的题词了,于是很快找来能工巧匠,精选四块方方正正的石料,铺上题词,依照笔画刻凿,题词便成了石刻。"实事求是"石刻嵌入礼堂正门上方,顿使这座建筑更添光辉。

"实事求是"一词并非毛泽东的创造,它可能最早见于《汉书》。《汉书》开创了我国纪传体断代史书的体例,"文辞渊雅,叙事详瞻",对后世史书的修撰影响极大。它的作者东汉人班固,是中国古代伟大的史学家、文学家,司马迁之后的又一大史学家、文学家。《汉书》卷五十三,有《河间献王传》。河间献王,姓刘名德,是西汉景帝的儿子,和雄才大略的汉武帝是异母弟兄。该传对河间献王刘德有八个字的评语:"修学好古,实事求是。""实事求是"

该作何解呢？颜师古注曰："务得事实,每求真是也。"颜师古是唐代大训诂学家,以《汉书注》传世,"考证文字,多所订正"。后来颜注和《汉书》合为一书,甚便读者。颜老先生的解释当属权威,意思是说："实事求是"就是务必求得事情的真实情况,得出正确真实的结论,这只是就刘德做学问的态度而言的。有资料说,刘少奇多次讲,他更喜欢"务得事实,每求真是"。由此可以推断,毛泽东的"实事求是"大概是直接引自《河间献王传》。

"实事求是"这个久已有之的词,到了毛泽东手里,却有了新的生命。《毛泽东选集》第三卷有一篇文章,名曰《改造我们的学习》,年纪大些的干部和读书人,不少人耳熟能详,正是这篇文章使"实事求是"获得新生。在这篇文章里,有毛泽东的一句名言："'实事'就是客观存在着的一切事物,'是'就是客观事物的内部联系,即规律性,'求'就是我们去研究。"经过毛泽东马克思主义的解释,"实事求是"有了科学的、全新的内涵:从客观存在的实际情况出发,详细地占有材料,进行科学的分析研究,从现实事物本身引出固有的而不是主观臆造的规律性,得出正确的结论,作为人们行动的向导。几十年的历史使人们认识到,这是颠扑不破的真理。因此,"实事求是"被视为"毛泽东思想的活的灵魂",又被通俗地称为"中国共产党的思想路线"。

话说远了,再回来说毛泽东手书"实事求是"石刻。它不是嵌在中央党校礼堂正门上方吗,怎么会陈列在纪念馆里？原来,1947

年3月,胡宗南军队进犯延安之际,为使石刻免遭破坏,人们将它从墙上挖出,埋入地下。胡军进入延安后,中央党校礼堂被全部破坏。解放后,在小沟坪中央党校旧址办起了延安师范学校。该校师生在建校劳动中,发现并起出了这四块石刻,把它送交延安革命纪念馆,成为该馆一件极有意义的革命文物。

(原载《河南日报》1999年4月24日)

感受维也纳议会

6月22日,奥地利首都维也纳,灰云在天空盘来旋去,时而飘下一阵霏霏细雨,时而太阳又从云中闪出脸来。估计温度只有20摄氏度左右,使我们这些来自暑热难耐的郑州访客感到凉爽宜人。这天上午,以河南省人大常委会财政经济工委主任鲁茂生、选举任免代表联络工委主任戴保兴为正副团长的河南省人大代表团,要访问维也纳市议会。由各工作委员会负责人组成的省人大代表团,出国进行议会交流,河南历史上还是第一次。除维也纳市议会外,这次还要访问奥地利国会和德国慕尼黑市议会。

9时整,一位女士来到宾馆接我们。她身材中等偏高,看样子30多岁,气质高雅,满面笑容,特别是在异国洋腔的包围之中,听到她那一口悦耳动听、几乎纯正的普通话,一下子亲切之情油然而生。这位女士主动自我介绍说:"我叫张端荣,台湾省人,是奥中友协的工作人员,各位在维也纳的活动由我陪同。"原来,我们访问维也纳市议会是奥中友协在为双方牵线,具体活动它也协助安排。

招呼我们一行登上轿车,驶出宾馆以后,张女士说:"离约定访问议会的时间还有一个多小时,我让车子在维也纳有特色的街道转一转,使各位对这个城市有个大体印象。"这真是正中我们下怀。张女士这样体贴细致,使双方很快近乎起来。攀谈之中进一步了解到,张女士已经获得奥地利大学音乐硕士学位,现正在攻读博士。她先生是北京大学德语硕士,现为奥国总统和总理的中文翻译,江泽民主席和我国重要领导人访奥,都由他作翻译,夫妇两人已经加入奥籍。这位先生名冯国庆,河南安阳人。说到这里,我插话说:"按河南习俗,那您就是河南媳妇了。"张女士连忙接道:"我知道,我知道。"车厢里立即响起一阵会心的笑声。我又问:"您的话可听不出是台湾人,普通话怎么说得这么好?"张女士解释道:"小时候妈妈说普通话好听,我就学着说,后来又受我先生的影响,他的普通话很标准。"一面聊天,张女士还一面介绍沿街的建筑和附近的景区。一会儿指着一座建筑物说,这是某某大楼,为多少年前的哥特式建筑,它的特点是怎样怎样;一会儿又指着另一些建筑说,这是巴罗克式建筑,那是彼得玛耶式建筑,它是罗马式建筑,这是青年风格建筑,并一一解说其建筑特点,就像是一堂简明生动的欧洲近代建筑课,不知不觉一个多小时就过去了。10点25分,我们乘坐的轿车提前5分钟开到维也纳市议会大楼前面。

奥中友协常务副会长兼秘书长卡都明斯基教授,陪同维也纳市议会办公厅主任在议会大楼门口迎候我们一行。鲁茂生团长等人一一和奥方人员握手寒暄,随即进入大楼。在楼道的拐角处,宾主相向而立,办公厅主任再次向河南省人大代表团表示热烈的欢迎,然后简要介绍了维也纳市议会的情况,并讲了交流活动的具体安排。张端荣女士担任翻译,卡都明斯基副会长有时也用中文作些补充和解释。他的中文说得沉稳缓慢,字音大体准确;声音轻舒,但听得清楚。鲁茂生团长首先向维也纳市议会和办公厅主任致意,接着转向卡都明斯基说,"老卡教授"曾多次访问中国,也不只一次到过河南,我接待过他,也算老朋友了,能在维也纳市议会见面,非常高兴!随后,两位主人引领我们一行进入议会大厅,旁听正在进行的会议。

议会大厅呈扇面形状,主席台对面和两侧上方有"侧楼"。我们被安排在主席台右方侧楼,坐在栏杆后面第一排椅子上。从楼上俯瞰下面的会议,清清楚楚。主席台是高出地面的台子,案子和坐椅特别宽大,上面设置三个座位,中间的坐椅椅背特高,比椅子上那位女士的脑袋要高出一尺还多,显然这是主席的位子。主席案子之前,低一个大台阶,设一桌一椅,椅上坐着一人;其前,只有桌而无椅,一人正站在桌后讲话,看样子是发言席;再前面摆着一张方桌,上面放有设备,形似录音机之类,桌后坐的可能是录音人员。发言者讲完,离席而去。接着,发言席后面那一位站起讲话。他先按了一下桌子右侧的电钮,桌子后侧中间放着讲稿、装有麦克风的那一块缓缓升起,到了合适的高度,即固定下来。这样,讲话者看讲稿和使用话筒都非常方便。后来知道,这一位是政府某个部门的负责人,在向议会报告有关情况。方桌前面,和主席台相向而坐的,当然就是议员了。据办公厅主任说,是市议会的某个工作委员会会议,所以空位儿很多。

  以前在资料上看到,为表示庄严,西方议会开会时,与会者必须穿正规西装。这些年穿着舒适随便之风,看样子也影响了维也纳议会,相当多的议员衣着不正规,服装颜色多样,有的衣裤两色。令人吃惊的是,有一位竟然披着上衣。有的人坐姿懒懒散散,不时有人交头接耳。几个人在看报纸,一位坐在第一排者,把报纸摊在桌上,翻来翻去,对于侧楼上面有国外旁听者,他们也无所顾忌。也许这是表示不同意发言者观点的一种方式,或者为非正式会议,不是全体会议,才会出现这种情况。由于我们不懂德语,"旁听"实为"旁观"。不过,目睹场面,了解形式,感受气氛,也不无益处。旁听会议大约半个小时,然后主人领我们去会见维也纳市议会第一议长司徒本图女士。

  司徒本图女士也是一位教授,看样子近50岁,中等个头,以中国眼光,体态稍胖,按西方人说,属于正常。她满面笑容,站在办公室门口欢迎我们。第一议长办公室不算大,但典雅朴素,舒适实用,虽有沙发和椅子,但数目比宾主少得多,大家都站着说话。仍然由张端荣女士翻译,"老卡教授"继续发挥补充和解释作用。

第一议长第一句话就说:"刚才知道你们河南省有9000多万人,对我来说,真是不可思议的事情。"(奥地利是七八百万人口)接着她说:"尽管我的办公室很小,不能使各位很舒适,但还是愿意请大家到这里见面,这样亲切随便一些。我很快要到中国访问了(据说也是"老卡"牵线联系的),很高兴有这个机会和你们交流。桌子上的饮料,茶几上的点心,请各位随意取用。关于维也纳市议会的情况,有比较详细的资料送给你们,我不想再多说这些。我希望在有限的时间里,大家更随便、更广泛地互相交谈。"鲁茂生团长说,同意第一议长的意见,感谢她周到的安排,并欢迎她能到河南访问。"很遗憾,这次没有安排河南,但愿以后有机会。"第一议长说。然后,宾主就热烈地交谈起来,主要是我们发问,主人回答。主人看到我们只顾交谈,没人取用饮料、点心,就让工作人员一一送到我们手上。我们也就不客气地手端饮料或点心,边用边谈。

三四十分钟很快过去了,鲁茂生团长和全团成员一一与第一议长、办公厅主任及"老卡教授"握手告别。这时我看了看表,正好12点整。

访欧琐记

6月下旬,作为河南省人大常委会代表团成员,我随团赴意大利、奥地利和德国等国进行议会交流,也有机会参观访问。时间短,日程紧,只能走马观花,而且客随主便,怎么走,看什么,都由人家安排。所见所闻,自然片面肤浅,加上语言不通,听到的和理解的难免有不准确之处。不过,即便一鳞半爪,也能从某一侧面反映这些国家乃至欧洲的一些情况。因而选择自认为不至于有大失误的东西,和读者聊聊,供茶余饭后消遣。

精心留住"古"和"旧"

这些国家绝不像中国,新的建筑、在建工程随处可见。它们的城市、郊区和公路两旁,几乎看不到在建工程,新的建筑也极少。所以有人说,十年二十年之前你去看它是什么样子,现在还是那个样子。他们领我们观光的,多是"古"和"旧"的东西。脚下的马路

是石块儿、砖头、石子儿铺的;进入眼帘的房屋,除去高耸的教堂,多是高不过三五层,样式古旧,颜色灰暗。"这个教堂始建于两千多年之前","这是一千年前的建筑物","这座桥梁已有300多年的历史",如此之类的话,介绍语中经常出现,他们也很以此自豪。

据介绍,这些国家的政府和有关主管部门,十分注意保护一些街区、街道、建筑物和景点的历史面貌,明令禁止某些街道通行大车,甚至小车也不许通行。有时倒可以看到车夫赶着旧式马车,或紧或慢地穿街而过,别有一番情趣。要保护的建筑物,不许装饰改造,更不许拆掉重建;年代久远,破败危险者,也必须经过批准,才能维修或重建。有的街道两旁的绿化树,也往往几百年来都是同一品种。一天下午,我们一行几人在意大利的罗马市共和国广场观光。看到一堵破败的墙壁,表面凸凹不平,砖块无一完整,紧挨着有个不起眼的门,有人出入。走到门口,并没人理,我们也就跨门而入。好家伙,原来是个大教堂,房顶高悬,堂内广阔,壁画上乘,雕塑精美,金碧辉煌,极其富丽。走出来时,看了门口悬的牌子,才知道是著名的巴塞卡利(音译)教堂。据说它始建于一千多年之前,后又重建,却故意保留(或者"新造")面对广场的那堵破旧砖墙,以示其历史价值。即此一端,足见罗马人保护古建筑的良苦用心。

在维也纳市,看到有的古旧建筑外表干净,颜色也新。陪同人员告诉我们,"市政当局比较注意清洗古旧建筑,设有专门机构负责这项工作,投入也相当之大。每一轮清洗,大约需要八九十来年。往往最后一个清洗完毕,第一个清洗的已经又脏了,所以清洗工作不得不常年进行。"看到的著名大教堂,几乎外面都有幕布围着,或围其一段,或围其一面。陪同者说,是为迎接2000年而正在维修。

在这些国家和梵蒂冈教皇国观光,极少有需要购买门票的。就连举世闻名的梵蒂冈大教堂,意大利的比萨斜塔、佛罗伦萨市圣母之花教堂,德国科隆大教堂和一些非常有名的博物馆之类,一律没有收取门票之说。是不是他们"傻冒儿"?非也,非也,实在表现了人家的精明。他们没有我们这样的部门利益分割,着眼的是整个旅游行业。观光所到之处,游客数百上千,成群结队,有的地方真给你人涌如潮之感。据说,梵蒂冈大教堂每天参观者至少两三万,最多可达三四十万人。这些人要住、要吃、要行,还要购物,哪个不给当地留下一笔钱。舍掉小钱,换来大钱,何乐而不为呢!

爱护文物,保护古旧建筑和街区的历史面貌,反映了当地人们的一种文化,一种修养,一种价值观念,一种公众意识。这既表现了一个国家或地区的形象,又是可贵的精神财富,更给他们带来了巨大的经济效益,甚至是当地的一个主要经济支柱呢!

高工资和高消费

1999年作者在荷兰

在欧洲几国访问,我注意了解工薪阶层的工作和生活情况。一天,我们乘坐的汽车在高速公路上行驶,陪同人员没事,我问他道:"像这位司机师傅,每月有多少工资?""他是意大利人,在意大利,像他,折合成美金,大约1200元吧。"陪同人员答道。"能全部拿到手吗?""NO,NO,不可以的。必须先交个人所得税和各种保险,是工资的25%。发工资时,由公司代扣,交给政府和有关部门。""百分之二十五?好厉害!"我不由得脱口而出。陪同人员解释说:其中有相当一部分用于职工福利。例如,退休时可以拿到一笔退休金;看病不交诊疗费,到什么地方取药都可以,凭单据到有关部门报销;孩子上学享受补贴,只需交书本费——外国学生的学费可就非常高了;可向政府有关部门申请住房。政府分给的房子不会多好,但是租金有补贴。一对夫妇和一个孩子可以申请两室一厅,月租只需100美金;没有子女的租金要高,同样的房子得150到200美元。不是有关部门分给,而是自己租房,两室一厅月租要高达500美金呐!

1200元的25%是300元,扣除以后,只剩900元了,自己租房的租金就占工资的一半还多。这个账很好算,所以我的一个同伴说:"可真是高工资、高消费啊!"可惜没有了解到工薪族生活费用的情况,只知道在奥地利,一个汉堡包合30多元人民币。

19世纪后半叶,随着工人运动的蓬勃发展,欧洲主要国家都先后建立了社会民主党,有的叫社会党,或者叫工党,这些党的成员自称"社会民主主义者"。社会民主党和社会民主主义,在欧洲影响很大。现在,不少国家的社会民主党是议会中的大党,有的是执政党,或者是联合执政中的大党。它的性质的演变,无需在这里讨论。工人争得了政治上的若干民主权利和社会经济方面的某些利益,这是事实。社会民主主义的社会政策,我也想有所了解。一次,我向陪同人员提出了这个问题。她只介绍了社会保障方面的一些情况,除上述退休金、医疗保险、房租补贴之外,重要的就是失业救济。"在意大利,对失业者,政府每月的救济金约合美金200元。只给两年,两年之后仍找不到工作,政府就不管了。"享受房租补贴的,月租还得100到200美金,如果自己没有积蓄,日子也很难过。

1999年作者在意大利

奥地利社会民主党在议会中是第一大党,长期以来,它一直和人民党共同执政。在维也纳,我也向陪同人员问了这个问题。她

说:"我从来不关心政治,只能同你说说社会福利方面的一些情

1999年作者在意大利

况。对于失业者,政府有责任救济,并尽量给安排工作。第一次安排,如果认为不合适,可以作第二次、第三次安排。最多三次,你不接受,政府就再不管了。"也是"上有政策,下有对策",据说,工人对付的办法是,最后一次安排,歪好都接受。先干它两个月,不行,就再报失业。另外,政府有关部门注意保护租房者的利益,房租比较公道,房主不许随便把房客赶走。因此,多数人都是租房。再就是政府鼓励生小孩儿,因为奥地利人口少,一些人还不愿要小孩儿。生个孩子,补助1500到2000先令——1美元约合12先

令——妈妈还有一年半的产假。

说到这里,陪同人员有事了,谈话只好中断。语言不通,日程又紧,想增加点知识,也不容易呢。

小偷、乞讨和吸毒

访欧之行,第一站是意大利的罗马。在从机场驶往宾馆的汽车上,来接我们的人就说,罗马社会秩序不好,特别是晚上,一定要小心。要是有人同你说话,如果语言不通,最好不要乱打手势,更不敢随便点头,那样会闹出麻烦,怎么办呢?一律报以"NO,NO!"并立即离开。遇到吉卜赛人同你打招呼,就像没看见一样,只管走你的路,因为他们很多人没有正当职业,以偷摸欺诈为生。忽然,她指着街上一个人说:"快看,那就是吉卜赛人。遇到这样的人要留心。罗马小偷之多,在欧洲是出了名的,有人说罗马人一半是小偷,当然夸张了。不管怎么说,手袋钱物,千万好好保管。请各位务必留心,不敢大意。"

罗马街上的汽车、摩托车比郑州多。繁华大街,车流不断,要横穿马路,得耐心等机会。但是档次较低,好车比郑州还少,汽车、摩托车,都是这样。在意大利,我们还到过佛罗伦萨和威尼斯,情况也大体相同。起先我以为是意大利这几年经济不景气,人们买不起好车。一天,一位同伴向陪同人员提出了这个问题。"不是告诉你们了吗,意大利小偷多。大多数有车的人没有车库,车子只能停在马路上,夜里也是这样的。谁要买辆好车,不要一星期,就会叫人偷跑了,或者重要零件被人卸掉了。"——原来如此!

在佛罗伦萨,几个人结伴而行,我走在前面。一个繁华十字路口的转角处,站着一个面目清秀的女人,个子不高,看样子不到30岁,怀抱婴儿,正在喂奶。经过她面前时,她抬眼望望我。我记着陪同人员讲的安全课,不理不睬,大步而过。走了一会儿,发现一位同伴没有跟上来,原来他被纠缠上了。那个女人说话兼手势,先是要钱,后又要烟,还有小孩儿上来拉拉扯扯。我们这位也不含糊,两手连连摇,嘴喊"NO,NO,NO",尽管这样,还是耽误了几步。

1999年作者在法国

陪同人员知道以后，又抓住机会上课了。"怀抱婴儿的年轻女人向人乞讨，是吉卜赛人典型的骗人方式，今天让你碰到了。幸好你记着我的话，没有给她钱。"我自作聪明地说："你只要拿出钱包，准保有人一拥而抢，那老兄可要惨了！""还不止这样呢，当地政府认为，有劳动能力的人，就应该去干活，不允许乞讨，也不允许给乞讨者钱物。否则，被警察发现了，双方都得罚钱。"陪同人员说。既有明文规定，却禁而不止，可见真是一个社会问题了。

1999年作者在法国

在意大利和德国，几次都碰上五七人、十多人为一伙的年轻人，在街上大声嚷嚷，指手画脚，打打闹闹。行人往往侧目而视，绕他们而过。陪同人员说,他们是嬉皮士,游手好闲,惹是生非。警察也没有办法,他们打群架时才出来管管。在德国法兰克福和科隆,几次看到衣着不整的年轻人,有男也有女,或蹲或躺,在地上辗转反侧,看样子极为痛苦。一天上午,街上一男一女,相隔两三米,在作上面的表演。旁边站着两个膀大腰圆的警察,还停着一辆警车。陪同人员说那是吸毒者。有人问:"德国不是禁止吸毒吗?"陪同人员答:"不错,但是管不住。只有犯得十分严重了,警察才把他们拉上警车,送到医院。如此而已,没有办法。"

后来陪同人员还告诉我们:"荷兰这个问题更突出,它最讲自由,允许吸食大麻。"相信绝大多数有理智的人,都不赞成这样的"自由",但陪同人员就是这么说的。

住宿行路点滴谈

要说了解欧洲近代文化,特别是建筑、雕塑和绘画,当然首推意大利。首先是他们的祖先好。在世界历史上,意大利沿海城邦威尼斯、热那亚和佛罗伦萨最早出现资本主义萌芽。随着资本主义工商业的发展,意大利成为文艺复兴的发源地。那个年月,这块宝地人才辈出,涌现出一批世界级大师——航海家哥伦布,科学家布鲁诺和伽利略,诗人、思想家但丁,画家、科学家、工程师达·芬奇,雕塑家、工程师米开朗琪罗(梵蒂冈大教堂的总工程师),画家拉斐尔,等等,无一不对欧洲,乃至整个世界,都产生了巨大而深远的影响。有了他们，意大利才有了这批世界级宝贵遗产。其次是一代又一代意大利人，珍视自己的历史和文化，予以精心保护。这样，我们今天才能看到无与伦比的近代建筑，以宏伟精巧的大教堂为其代表；才能看到精妙绝伦的雕塑，美轮美奂的绘画。建筑是雕塑、绘画的载体，雕塑和绘画是建筑的有机组成部分，三者融为一体，那不仅是建筑，更是令人拍案叫绝、叹为观止的艺术品！因而意大利观光客最多，各种肤色的人都想一饱眼福。

但是，要说到城市管理，意大利的戏可就不多了。在罗马的大街和广场上，都有纸屑和杂物。街心公园的绿地上，有人躺着睡觉，更有一伙一伙的，在嬉戏斗闹。

一路住的，也属意大利不好，在各地住的都是三四星级宾馆。但是，除去个别的，其他的都没有国内三四星级宾馆那样宽大漂亮的大堂，往往院内连一片树木花草都没有。室内电视多为14寸，最大不过18寸，没有一家是大彩电。据陪同人员说，划分星级，不仅看建筑和设施，还要看在什么街区，有无悠久历史等。但绝大多数整齐干净，实用舒适。有的宾馆把薄被对折一下，摆在床单之上，客人使用和员工作床，两相方便。

说意大利住得不好，一是隔音差。有的宾馆，邻居之间电话、电视互相干扰，连撒尿声都听得见。二是服务差。访欧第一天住罗马，我打开房门一看，室内根本没有收拾，床上乱七八糟。不能容忍这种不尊重，翻译小徐给总台打了电话。过了一会儿，一个彪形大汉推门而入,把我的东西扔在塑料袋里,提上箱子就往外走。我估计是换房子,但初来乍到,怕出意外,打手势示意稍等。打电话询问接待人员,知道正是换房,问题算是解决。第二站住佛罗伦萨,电视遥控器无法使用。经翻译交涉,给换了一个。电视能打开了,但不能选台。第三站住威尼斯,卫生间马桶哗哗漏水。反正只一个晚上,拉倒吧——算是领教了!第四站出了意大利,再没碰到这些现象。

　　欧洲之行,一路都乘汽车,没看到一条像金水大道那样宽阔的街道(不一定没有),但是,汽车、摩托车跑得飞快。原因是管理严格,人守秩序。有的街是单行道,很多地方汽车不准拐弯,不准停留。陪同人员常常嘱咐:几点几分在什么地方登车,不许迟到。因为那里汽车只准停10分钟,所以过时不候。高速公路多为两车道,四车道没见过,有时会开得慢些,但没有遇到因堵而停的现象。

　　说管理严格,更主要是对司机,不仅人管,电脑管得更绝。据陪同人员说,车上都装有电脑,第一个作用是控制。例如,欧洲规定,高速公路上最高时速是100公里,你超过10公里,车子就开不动了。第二是记录。电脑里装的"盘",能准确无误地记下行车情况。例如,开车、停车的时间,行驶的里程等等。警察从"盘"上发现司机违规,要照章处罚。连司机是否按规定睡够9小时,都能查出来。陪同人员告诉我们:"如果电脑不装那个盘,警察发现要重罚,2000美元呢!"有的城市,用三四个小时跑到了,下午停半天,明天一早就开路。我们想让司机开着车子在主要街道走一走,以了解市容。陪同人员就会说:"不行,不在原定路程之内。那样,盘子记的里程超过了,回去老板要罚司机。"真是这样,还是找个托词,那就不得而知了。

购物、换钱和退税

观光往往和购物联在一起。改革开放之初,到欧洲访问的中国人,对那里商品种类之繁多,陈列之富丽,不仅羡慕,而且惊奇。可惜囊中羞涩,只能望物兴叹。营业员觉得捞不到生意,往往爱理不理。现在情况完全变了。品种和陈列已经差别不大;中国访客虽然囊中不算多鼓,但已不那么寒酸。看到华人,洋人一样热情招呼,积极兜揽生意。

说到购物,我们这一行成效甚微。日程紧,没时间;钱有一点儿,不算很多。更主要的是国内商品丰富,价格低廉;自知购物不内行,兴趣不算多大。我们很少逛商店,只光顾过少数经营世界著名商品的店铺。例如,意大利比萨市的皮革制品中心,维也纳的水晶制品商店,法兰克福和科隆的摄影、摄像器材商店等。

到了国外,总要花钱,就是不买任何东西,总要去卫生间吧,那是要收费的。人民币不能用,美金也要兑换,这是购物的第一个麻烦。正规说,去银行换,问题是不知道换多少合适。换得少了不够用,多了用不完,再换,每次都得拿手续费。像意大利的里拉,如果没用完，谁也不愿留在身上。大的商店，特别是免税店，都收美元，当然也要手续费了。这比银行方便，可也不习惯。一是欧洲汇率不时变动，真的早晚市价不同，难免有不合算的担心。二是找钱一般付当地货币，如果在那个国家花不完，又有个怎么处理的问题。余下相当数目，再去换一次；剩得很少，带回来算个留念。介于二者之间的，换吧，不值，留吧，无用——往往只好无用了。

第二个麻烦是语言不通。对于商品的质量、性能、特点不了解，价钱又不低，下不了决心，不少商品有标牌，可是只认得阿拉伯数码，还是混沌不清。在法兰克福，看到几种照相机有两行标价，第二行比第一行低得多。有同伴说，大概第一行是原价，第二行是现价，那可真便宜，买！后来一问翻译，原来一个指镜头，一个指机身——你说可笑不可笑。所幸的是，一些大商店，特别是免税店，有的营业员能对付几句简单汉语。一天，我们走在街上，一位洋人从门里紧走几步，迎上我们，操着生硬的汉语，一字一字地蹦道："欢—迎—中—国—人，不—要—钱。"看那橱窗里全裸女人的宣传画之类，分明是色情场所，倒贴钱也不会进去啊。还是老办法，一边摇手，一边说"NO, NO"，赶快离开是非之地。少数店里雇有华人，那就方便多了。最指望得住的，还是翻译小徐，一会儿帮这个，一会儿帮那个，只有忙不过来的，没有不耐烦的。

第三个麻烦是"退税"。为了促销，欧盟规定非欧盟国家的访客购买商品，价值150美金以上者，给予退税10%的优待。但是，各店执行情况大不相同。比萨皮革制品中心最好,不论价值多少,一律当场退税16%。有的商店则低于16%,或者死抠150美金的基数。陪同人员教我们个办法,几个购物者合开一张单据,凑够退税基数,还必须填写退税单中的多项内容,还得登记护照号码。更麻烦的是洋文,又得有劳小徐。除下比萨皮革制品中心,都只能在离开欧盟地区时,登机之前,凭退税单、护照、机票办理退税,贵重商品还要当面验过。退税时又有汇率和手续费问题。例如在德国退税,商品买自奥地利,那得把奥国先令折为德国马克,扣一次手续费。如果你要用美元,好了,再把马克折为美元,又扣一次手续费。几番折腾,钱到手时,一般只剩百分之几了。这算好的。有的单据不能在机场退税,又须重填一单,注明购物者的电话、地址等,说寄交给你。为什么有此差别?陪同人员讲,是各国各店和对方订的合同不一样。没买多少东西,倒长了一些见识!

四海处处见华人

不出国门,难以深刻理解华人生命力之旺盛,开拓精神之坚毅,难以具体了解华人保留、发扬、传播中华文明的聪明才智和良苦用心。在欧洲10多天,就连跑过的小城镇,都是天天见华人,处处有华人的事业。这里说的华人,指华侨和华裔外国人。我们见到的华人,大体可分为三类:中上层人士,受雇于人的劳动者,餐饮业老板。

接触第一类不多,有两位印象颇为深刻。一位是维也纳水晶制品商店的女华人经营者。那个店铺面不算很大,但经营的商品价值高,规模也算可以。她大约四十来岁,个头有一米六五,不胖不瘦,精力充沛,说话轻声细语,腔调之中透出亲切,办事利索,步子快捷而不失女性风度。看得出她是负责人,不知道是业主还是经理一类,故称其为"经营者"。另一位是张端荣女士,作为奥中友协的工作人员,在我们访问奥地利国会和维也纳市议会时担任翻译,并陪同我们在维也纳观光。张女士已拿到奥地利大学音乐硕士,现正在一边工作一边读博士。她是台湾人,长期在国外生活,和丈夫都已加入奥籍,却说一口几乎纯正的普通话,标准的东方知识女性气质。她对我们特别亲切周到,是给人印象最好的一位华人。

接触的第二类人多一些。在一家化妆品商店,一位年轻华人女雇员,悄悄对我们一个同伴说:"老板很坏,他推荐的东西一定不要买,我帮你们选一些便宜实惠的。"欧盟国家规定,除饮食、娱乐行业之外,一般商店晚上和节假日不准营业。在威尼斯那天,正好是星期日。吃晚饭时,饭店附近有一家皮制品商店,大门紧闭。陪同人员几下扣门,应声而开,里面已有顾客。原来是应付警察,闭门营业。同伴想买皮鞋,在讨价还价时,一位华人小伙子操着地道京腔:"您甭单个讨价,各位都想买啥,作一堆儿去说。老板一看生意不少,我再敲敲边鼓,能不给个好折扣吗?咱中国人多聪明,对付他们还能没办法。"有道是"亲不亲,看华人",是之谓也。

陪我们时间最长的李小姐,广东人,父母在香港。她小时候先后在台湾和香港上学,又去英国念书。如今家在西班牙的巴塞罗那,丈夫为印度人。广东话和英语很熟练,广东腔的普通话还算可以,西班牙语、法语、德语也能应付。她说:"和印度人恋爱、结婚都可以,但不能生孩子。我的两个女儿样子丑得像怪物,长大恐怕嫁不出去,所以我现在拼命挣钱,以后好养活她俩。"小张身材瘦小,只有一米五多一点,已经38岁,还在舍家撇女,东奔西跑。"怪物"之说,也许是玩笑,但从她身上的确看出了华人的拼搏精神。

接触最多的是华人餐馆,每天中、晚全在那里吃饭,真正领会了"华人餐馆遍天下"这句话。由于华人餐馆服务周到,善于经营,多数生意比较好。食客多为华人和东方人,也有少数白人。那天在威尼斯的"南京饭店"吃午饭,看到店内店外都有人在排队候餐。多数华人餐馆的名字、建筑、装修、陈设、餐具,都表现出浓厚的中华文化。"金冠楼"、"乐口福"、"长龙"、"金龙"、"翠园"、"紫园"、"汉宫"、"凤凰"等,多有意蕴的名字。维也纳一家华人餐馆,红瓦飞檐,门口一对石狮子,室内周围一圈儿红纱灯笼,一角树着绿竹一丛,墙上挂着中文对联、条幅和苏轼的一阕词。在这里就餐,多么惬意!

一天在一家华人餐馆吃饭,聊天中知道老板姓李,改革开放之前,十几岁时就从老家温州出来,多年奋斗,有了自己的事业。他不无自豪地对我们说:"我每天都看中国电视。北约轰炸中国驻南斯拉夫使馆,我们都上街游行抗议了!"还说:"河南人大工作搞得好,最近还看到中央台表扬你们。"——俨然河南通的样子。这种爱国精神多么可贵啊!

旅美琐记

夏末秋初，有机会到美国考察观光。所到之地仅旧金山、拉斯维加斯、纽约、芝加哥四个城市，时间不过10天，可谓飞马看花。虽然一鳞半爪，十分肤浅，但所见所闻颇有可与读者诸君聊聊的东西，兹略记数端如下。

一路顺风

一般旅行，最麻烦的是"行"。订飞机票，买车船票，排队势所必然，更有排队无望须托关系者、需出高价者。在美国则是另外一番景象。旅行日程排定之后，秘书小姐坐在办公室，靠着先进的通信手段，发达的社会服务体系，三下五除二，办得妥妥帖帖。我们河南日报社一行四人一到广州，美方接待单位罗克威尔公司印刷系统分部，就送来了往返全程机票。每到一地，只需按照时间、航班，办个登机手续就可以了。

1993年作者在美国

赴美之行的第一站,自香港到旧金山,飞行长达12小时,又要经历两半球之间的时差,是一段颇为辛苦的旅程。但因为飞机上设施完备,服务周到,不知不觉十几个小时就过去了。

登机不久,空姐送来一个小包,内装有牙刷、牙膏、牙签等小物件;另有一双线袜,旅客可以把鞋脱掉,光穿袜子,既宽舒又保暖。每个座位都有一条薄薄的毯子,还真用得着,一路上我都把毯子搭在身上。整个航程不时播送着音乐,还放映了几部影片,其中一部是中国故事片《天国逆子》,英语配音,加中文字幕。音乐和电影都需戴上耳机才能听到,不妨碍困倦者安安静静地休息睡觉。

在旧金山机场候机室,运送行李的传送带附近放着大量小推车,旅客可以随意取用,不必交费。没有想到的是,远在芝加哥的接待单位预租的凯迪拉克轿车,已加满了油,在机场出租车场迎候我们。美方陪同人员在候机室内的出租车场办公处拿到轿车钥匙后,我们乘机场专送旅客的大轿车,到达出租车场,很方便地在预定地点找到凯迪拉克。这时,美方陪同人员就成了司机。装上行李,车一发动,直驶已经定好的旅馆。

外地人对旧金山市的道路不熟怎么办?不必担心。由机场驶出的大轿车里,放有一些印刷品,免费供乘客选用。美方陪同人员拿了两本,其中一本是旧金山旅游指南之类,内有详尽的交通图。他在芝加哥市工作,不熟悉旧金山,这幅图就成了向导。在大轿车里他就开始研究去旅馆的路线,开车时把图放在身边,遇上红灯,抓紧时间看交通图,循图认路,还真解决问题。他还告诉我们,如果迷了路,就找警察,问明白了自己走;要是怎么讲也弄不清楚,警察会开车把你送到目的地。

我们在旧金山的两天,外出都是用的这辆车子,十分方便。离开旧金山时,把车子加满油,开到机场归还,登机再飞往下一站。据美方陪同人员说,凯迪拉克租金不贵,一天50美元。

地绿天蓝

一路上看起来,天高而蓝,云轻而淡,当然也有阴天,月亮也不是美国的比中国的圆。地则树多草多,干干净净,出门一天,回来不用擦鞋。这里说的美国的"地",不是指的土地、耕地,而是城市的地面。在美国10来天,可以说是天朗气清。

这首先是由于美国的自然条件好。它西滨太平洋,东濒大西洋,东南临墨西哥湾,海岸线长约22680公里。北接加拿大,西南临墨西哥,陆界只有9080公里,而且美加交界的东段又有安大略湖等相互连接的五大湖,总面积约24.5万平方公里,被地理学家们称为"北美地中海",其中属于美国的约占70%。美国本土大部分位于暖温带和亚热带,气温适宜,降水丰富。

其次是美国重视环境保护,由于经济发达、科技先进,也有保护环境的条件。一个时期以来,美国逐步把污染环境的工业项目移往不发达国家,实际上是转祸于他人。

美国从城市规划和基本建设开始,就非常注意营造优良环境。城市既有高楼林立的区域,更有大片低层建筑疏散布局的区域。乘车在公路上奔驰,沿途两旁郁郁葱葱。在疏散布局区域,一个单位,一个居民区,内部都有相当大的绿地水面,青草如茵,水波粼粼。单位和单位、居民区和居民区之间,绿地更加宽阔,也常有水面闪烁。据美方陪同人员说,美国法律规定,无论是单位或是居民区,占地面积中建筑物只能是一小部分,大部分必须植树种草,搞好绿化。家庭主妇的一项重要事情就是给绿地浇水剪草,保持环境幽雅。如果你家地坪的草高低不齐,发黄干枯,邻居可以告你。

说一说我们在芝加哥下榻的橡木山饭店吧。围绕这个饭店走一圈,极目四望,不见任何建筑,视野之内,全是树木花草。草地剪修得十分匀净,宛如一张大绿绒毯,覆盖于旷野。我们看到饭店的右侧是个高尔夫球场。陪同人员告诉我们,何止右侧,饭店四周整个是一个大高尔夫球场。饭店的后面,隔着绿地,有一泓明镜似的小湖,映衬得景色更加生动宜人。这里并非游览胜地,只是一个中档饭店而已。

在芝加哥,我们曾到一户居民家访问。这户居民所在的小区,相连的两层小楼排列成行,每排之间绿坪相隔。主人说,他这类居所属中下等,小楼独立于绿地之中者为中等,住楼房公寓的则为下等。从某种意义上来说,这是以占有绿地面积的大小划分等次,可见环境绿化在人们生活中所占的比重。天朗气清的奥秘即在于此吧。

世界第一高楼

在芝加哥,我们曾参观了世界第一高楼——西尔斯大楼。

楼共110层,高度为443米;如果加上楼顶的双天线塔,总高度为520米。这座大楼于1973年建成开放。大楼的框架由7.6万吨钢铁构成;所用水泥足够建筑一条8公里长的8车道高速公路。大楼的重量为222500吨,由114个岩石沉箱支撑,每个沉箱都牢固地嵌在基石之中。大楼虽高,但上下颇为方便,因为它有

106部电梯,其中16部电梯是双层的。

参观西尔斯大楼的人非常多,大约一是想领略一下世界第一高楼,二是凭借楼上的观景台可以鸟瞰遍地风光。观景台离地面412米,两部快速电梯仅需1分零几秒就能升至台上。观景台地方很大,能容几百人同时参观。

观景台四周是极其高大的玻璃窗。窗是封闭式的,以保证游客的安全;玻璃擦拭得非常干净,外面的东西看得清清楚楚。那天天气晴朗,芝加哥市周围四个州的景色、建筑、桥梁、湖泊、公园,尽收眼底。登上最高楼,一览众楼低。马路上首尾相连奔驰的汽车,犹如玩具汽车一样,在缓缓蠕动。台上装置的望远镜,可以帮助游客更真切地观察周围世界。这时,人们都展开工作人员递来的介绍材料,对照着指认最感兴趣的景物。

说到这份材料,值得稍加介绍。这是两面印刷的单页纸,可折叠为8个页码。它文字简明,图片清晰,编排疏密有致,特别是为游客考虑的周到程度,令人叹赏。这份材料有多种文字的文本,各国游客可以自取所需。除介绍西尔斯大楼之外,材料兼有以下内容:(1)介绍大楼附近的停车场,并注明进入停车场的街道。(2)将观景台四周可以目及的重要景物,按方位画出,逐一编号注明。我计算了一下,共介绍了199处景物。(3)还有"摄影须知",其中详告游客:"如您是在白天摄影,请您使用线状颗粒胶卷(最好是感光度为ASA100的胶卷),以获得最清晰的效果。""在拍摄窗外景色时请勿使用闪光灯,闪光灯只会对玻璃反光。""如您将人放在前景拍摄,为避免闪光灯刺眼,请您从斜角拍摄。"

离开西尔斯大楼时,我们既为登临了著名的世界第一高楼,远眺了芝加哥周围四个州的景色而满意,也为领略了美国人重视公关工作,在宣传方面的良苦用心而感叹。这份介绍材料和我们拍摄的照片一样,都应好好保存。

期货交易所

早就听说,芝加哥期货交易所是世界上最早的也是最大的期货交易所。郑州商品交易所创办时,曾到芝加哥期货交易所考察,并获支持,两家联系颇多。因此,美国之行,参观芝加哥期货交易所是一个重要项目。

芝加哥期货交易所大厦高45层,矗立于市区金融中心,建成于1930年。大厦顶端屹立着9米多高的罗马女神赛瑞斯塑像,她是谷物和丰收的象征。1982年,该交易所又建一座附楼,它使交易大厅面积增加了约3000平方米,并采用了最先进的技术设备,加上原有的1765平方米,交易场地总面积等于一个足球场。

我们一行4人进入谷物交易厅大门,美方陪同人员向值班人员讲了几句话,值班人员立即递给我们每人一份中文介绍材料:《从大豆到债券——芝加哥期货交易所概观》。忽然,扩音器里传出了非常清晰、柔和亲切的中国普通话:欢迎各位来芝加哥期货交易所参观。现在我把芝加哥期货交易所的历史和概况作一简单介绍……我问美方陪同人员,是不是正有中国的代表团在这里参观?答曰:"NO,就是为了你们四位。"

芝加哥期货交易所是1848年由82个商人建立的。芝加哥位于美国和加拿大交界处五大湖的下端,紧靠肥沃的农业区。这一战略位置,使它发展成了谷物集散地,随着谷物交易的扩大,导致了期货交易所的建立。它为买卖双方提供了一个见面洽谈和交换货物的场所。

芝加哥期货交易所的谷物交易逐步规范化,1965年形成了"期货契约"。期货契约把商品的质量、数量、交货时间和地点都标准化了,唯一的变数是价格,它是在交易大厅中举行的类似拍卖的过程中产生的。后来,期货交易所提供的契约种类越来越多,影响比较大的是1975年10月首次推出的金融期货契约。1982年,芝加哥期货交易所出现了另一种市场创新——期货选择权。目前,期货选择权已应用在长期国库债券、中期债券、大豆、豆油、豆粉、玉米、小麦、燕麦及市政府债券等方面。芝加哥期货交易所已经成为国际性的期货交易所。

期货行情瞬息万变,交易所必须能够及时提供各种信息。芝加哥期货交易所的地板下面布满了总长大约1.6万公里的电话线。交易厅的电脑和显示器随时传达最新的市场信息;交易厅壁上的价格板每天显示大约9万次价格变化;各大新闻专线也不断提供有关农作物种植区的天气情况,其他商品交易所的市场报告;等等。

在谷物交易厅,我们看到工作人员恪守岗位,尽其职责;买卖客户犹如置身战场,寻机一搏。厅内嘈杂而有序,热烈而严肃,很多人伸出手臂,大声喊叫。原来芝加哥期货交易所规定,交易者要大声喊叫进行买卖。买方先叫价,后叫数量;卖方先叫数量,然后叫价。同时,双方用标准手语来确证口头意向,进行买卖及讨价还价。掌心向着自己表示买进,掌心向外表示卖出,将手臂和手掌伸为水平方向,以指头表示出价或还价的数目。

在拥有世界上最现代化的信息与操作手段的芝加哥期货交易所,还保留着古老的口头喊叫和手势语言,而且二者结合得如此之妙,真是很有意思。

会见何礼仕议长

2002年作者与何礼仕议长在一起

2002年9月8日,我们离开郑州时,中原大地虽然已近中秋季节,但"秋老虎"仍在逞威,三十几摄氏度的高温,显示炎夏还在

顽强表演，不愿轻易退出。第二天，我们乘坐的飞机降落在澳大利亚布里斯班市，这里地处南半球，四季正好和中国相反，还在初春时分。天气不冷不热，穿件T恤，或套件外衣，非常舒适。当天下午就得到通知，10日上午，昆士兰州议会议长要会见我们河南省人大常委代表团。

昆士兰州位于澳大利亚大陆东北部，面积172.7万平方公里，占澳洲总面积的22.5%，大约310多万人，是澳大利亚第二大州。1859年，昆士兰州脱离南威尔士单独成立殖民区，是澳大利亚联邦6个州中最年轻的一个。1993年，这个州最先宣布和英王室脱离君臣关系，表现了政治上独树一帜的倾向。昆士兰州旅游业非常发达，旅游创汇几乎占国民收入的1/3。

布里斯班市是昆士兰州的首府，为该州政治、经济、文化中心。它地处澳洲大陆东南部沿海，是澳洲第三大城市，大约140多万人，比澳洲第一大城市悉尼、第二大城市墨尔本更接近亚太，被称为澳大利亚的北方门户。该地区为亚热带气候，是个四季鲜花盛开的城市。我们下榻的宾馆离昆士兰州议会有一个小时车程。前往议会途中，映入眼帘的有高楼大厦，有的高耸入云，更多的是低层建筑，也有一些平房。街心公园的树木、喷泉、艳花异草，令人赏心悦目。道路两旁，树叶翠绿，屋顶褐红，头顶蓝天白云，地上绿草如茵。置身极富国际气息的现代都市，却感受到几多田园风光的意趣。

9点50分,我们的车子在一处停下,翻译钟先生在那里等候我们。钟先生是澳籍华人,祖籍广东梅县,生于新加坡,他引领我们一行前往议会大厦。议长秘书罗娜女士在议会大厦门口迎候我们,表示热烈欢迎之意以后,她说:"10点半钟议长先生会见各位,我先领大家随便参观一下。本来进入议会大厦必须进行安全检查,你们是贵宾,免检。"

罗娜女士颇为幽默。经过一个门厅时,她指着窗子上方一幅人像说:"你们知不知道(英国)维多利亚女王什么样子?不知道的可以看一看。"稍顿一下又说:"你们看,她并不漂亮啊。"参观过议员休息室和以前的参议院会议室之后,我们被领进议会会议厅。罗娜女士指着主席台上正中最高的一张椅子说:"这当然是议长席了。"接着介绍道:"主席台下,右侧是州政府州长、部长席,左侧是反对党正副党魁席,中间的座位是议员席,请大家随意就座。"我们落座以后,罗娜女士先后走到坐在州长、部长和反对党党魁席位上的同志面前说:"州长先生,你好!部长先生,你好!党魁先生,你好!"并逐一握手。

10点半钟,罗娜女士把我们带到一个会议室。在门外就看到室内迎门站着一位白人男士,身材魁梧,体格健壮,满面堆笑,像等待老朋友那样在迎候我们。河南省人大常委会内务司法工委主任亓国瑞团长和省人大常委会财经工委主任鲁茂升等团员鱼贯而入。迎候的男士一一同大家握手,同时递给每人一张名片。我接过一看,上面印有中文:"何礼仕　州议员　昆士兰州议会议长"。甜甜的微笑,亲切的握手,特别是一张中文名片,马上消融了不同国籍、不同种族、不同文化背景的隔膜,会议室里立刻弥漫起热情友好的气氛。

议长请我们围着椭圆形桌子坐下,他站着致辞:"我代表州议会,热烈欢迎中国河南省人大常委会代表团,竭诚欢迎各位来到昆士兰州。我本人非常重视澳中友好,过去4年,我曾3次到中国访问。我最喜欢到中国旅行,中国特别迷人,中国人民对澳大利亚人民十分友好。这些年到澳大利亚观光的中国客人越来越多,数量增加得很快,这是一件非常好的事情。现在世界局势不太稳定,在这种形势下,澳中友好更加重要,我们双方要进一步加强交流,最重要的工作是加强澳中百姓之间的友好往来。"

议长请洛琳女士介绍了昆士兰州议会的情况。洛琳女士是州议会教育方面的负责人,她说:"澳大利亚原来是英国的殖民地。1901年,澳洲各殖民区改为州,组成澳大利亚联邦,成为英国的自治领。1931年,澳大利亚成为英联邦内的独立国家。澳洲80%的居民是欧洲白人移民的后裔,过去和欧洲有特殊关系。后来朝野感到从地缘上说,澳洲离亚洲比离欧洲近;从经济上讲,澳大利亚的前途同亚洲息息相关。走向亚洲,融入亚洲,是现在澳大利亚舆论的热点问题。澳大利亚的国家结构为联邦制。英国女王为国家元首,她任命的总督为其代表,政府首脑是总理。最高立法机构为联邦议会,由英女王(由总督代表)、众议院和参议院组成,其他各州议会也都是众、参两院制,只有昆士兰州早在1922年就取消了参议院,实行一院制。昆士兰州议会有89名议员,分别由各行政区选出,任期3年,其中工党议员占66名,本州由工党执政。"洛琳女士还介绍了州议会的主要职责和运作情况。

最后,亓国瑞团长起立致辞,对议长先生的热情会见表示感谢,热烈欢迎何礼仕议长前往河南访问,祝中澳人民的友好关系不断增进。亓国瑞团长还向议长先生赠送了《清明上河图》。议长接过礼品高兴地说:"非常好,非常好!谢谢,谢谢!我的确非常喜欢中国!"当知道开封市人大常委会副主任卜岚忠来自《清明上河图》的故乡时,特别和卜副主任握手、合影。

会见结束之前,我对议长说:"我是河南省人大常委,也是《河南日报》记者。议长先生是否愿意通过我们报纸向9500万河南人民说几句话?"议长十分高兴地说:"我代表昆士兰州议会向河南人民问好!非常欢迎河南人民到澳大利亚,来昆士兰州观光交流。今后12个月之内,我会到河南访问。"议长并邀请我同他合影留念。

何礼仕议长,我们等待您前来河南访问,为中澳友好,为豫昆(士兰)交流续写新篇。

建立相互补充的经贸关系
——一位韩国经济界人士对中韩经贸关系的分析

1997年9月22日至10月2日,应韩国记者协会的邀请,中国新闻代表团赴韩访问。9月23日,中国新闻代表团和韩国新闻界、部分企业界人士,在韩国济州道的济州饭店举行了"香港回归后中韩经贸合作的发展趋势"研讨会。研讨会上,韩方主发言人是韩国大宇经济研究所产业经营研究本部长金龙镐先生。会后晚餐,我和金先生同桌比肩,有机会交谈。大宇集团是韩国经济实力最强的三大集团之一,大宇经济研究所在韩国经济界有相当大的影响。金龙镐先生对中韩经贸问题的看法,可能有些读者会有兴趣;一些经济界和企业界人士也许会从中捕捉到有价值的信息。

中国的重要性不亚于日、美

有关资料显示,1992年8月中韩建交以来,两国经贸往来有了很大发展。建交之前的1991年,中韩之间的进出口贸易额为

44亿美元,1996年激增到199亿美元,其间韩国对华进出口贸易年均增长35%。对华贸易在韩国对外贸易总额中占有的比重,由1991年的3.8%激增到1996年的6.9%。5年间,两国贸易额年均增长40.6%,今年可望达到230亿到240亿美元。现在,韩国是中国的第四大贸易伙伴,中国则成为韩国的第三大贸易伙伴。1992年至1996年,韩国的对华投资年均增长高达82%,远远超出32.3%的韩国对外投资增长率。1994年以后,中国取代美国成为韩国的最大投资对象国。去年已到位的韩国对华直接投资达到3000余项,投资额为36.7亿美元。上述数字使金龙镐先生有理由得出如下结论:"中国对韩国的重要性已不再亚于日本或美国。"当然这只能是就经贸关系而言。

中韩经贸关系的两个特点

关于中韩经贸关系的特点,金先生从以下两个方面做了分析。第一,两国贸易"逐渐形成基于比较优势的横向分工"。过去韩国向中国出口工业产品,从中国进口初级产品及原材料,纵向分工关系比较强。随着中国推行产业升级政策和两国贸易的扩大,"开始形成公平的横向分工关系",交易商品的种类也日趋多样化。建交以后,韩国向中国出口钢铁金属制品的比重下降,化学工业制品、纤维、机械类则成为主要输出商品;韩国从中国进口钢铁、矿产燃料、纤维纺织品、农产品、乳制品的比重逐渐减少,而对纤维制品、电子零部件、生活用品的进口持续增加。第二,两国在国际市场的竞争日趋激烈。从国际市场的占有率来看,1990年以来,韩国一直保持在2%~2.5%的水平;而中国却从1990年的1.8%上升至1996年的2.8%,尤其是中国的劳动密集型轻工业商品"逐步侵蚀美国、日本、欧盟等韩国传统出口市场"。在美、日两国市场,韩国的市场占有率逐渐减少,而中国的市场占有率则大幅度增加。在发达国家,韩国的机械、运输装备优于中国,中国的食品、原材料、化学物和相关制品、杂货等则占有优势。特别是纤维纺织品、服装、鞋类及玩具等,韩国的优势正逐步被中国所取代。

"两岸三地"可能成为世界最大经济圈

香港回归中国以后,韩中经贸合作的前景是韩国新闻界、企业界最为关心的问题,金龙镐先生非常关注香港回归以后对中国的影响。他认为香港回归以后,"两岸三地"变成"海峡两岸",这将促进中国大陆和台湾地区的交流,"最终为'两岸三地'融为一体,实现中华经济圈提供有利条件"。当然在这条路上会有不少艰难的课题需要解决。他指出包括中国大陆和香港地区、台湾地区在内的中华经济圈已成为世界经济的成长中心,并且有可能在21世纪发展成为世界最大经济圈。据世界银行预测,今后中国经济如保持年均增长7%的势头,到2002年,"两岸三地"的国内生产总值将超过美国,达到98000亿美元(以购买力为准)。很清楚,香港回归以后中国在世界的战略地位将更加提高。

金先生估计到 2000 年,两国贸易额可望达到 425 亿美元。随着中国商品竞争力的不断提高,韩国对华主要出口货物如石化商品、钢铁、纺织品等将逐步减少。中国农产品对韩出口将呈增长趋势,加上在华韩国企业的商品反销,中国中低档商品出口韩国,将导致韩国对中国商品的进口率不断增长。

对华投资前景看好

对于韩国对华投资的前景,金龙镐先生也很看好。他认为,"今后中国将会继续保持韩国的最大投资对象国地位,韩国企业的对华投资规模也会不断扩大"。到 2000 年,韩国对华投资额可望达到 100 亿美元。金先生披露,韩国商工会议所最近在对华投资企业进行的问卷调查显示,在 120 个被调查企业中,45.8% 的企业看好对华长期投资,5.8% 的企业非常看好对华长期投资,3.5% 的企业认为"一般",只有 0.9% 的企业认为非常暗淡。他指出韩国对华投资正在出现两种变化。第一,由于中国开始有选择地引进外资项目,减少对外资的优惠,韩国中小企业过去对华劳动密集产业的投资,将逐渐失去优势。最近韩国的大企业集团纷纷在中国投资,积极展开企业活动,投资模式也由初期的"试验性阶段"向"扩大投资阶段"迈进,用长远眼光推进大规模工程,以便和企业的重点产业相联系。这表明"今后对华投资将由大企业主导,在钢铁、水泥、电子零部件、纤维、化学等重化工部门展开大规模投资活动"。第二,"韩国企业的出口战略也由初期的利用廉价劳动力,转变为面向中国市场,并且其投资地区也从东北三省、环渤海湾转向以上海为主的华中地区以及中国内地"。

建立经贸相互补充的合作关系

在肯定两国经贸关系得到全面发展,前景看好的同时,金龙镐先生也流露出有所忧虑——今后两国在国际市场的竞争将更加激烈。韩中两国的食品、原材料、化学物和相关商品、杂货,不仅在发达国家市场,而且在其他市场也将持续展开激烈竞争。在钢铁、机械、运输装备产业、电子部门,到目前为止韩国占优势,"不过中国的产业政策如果获得成功,在以上行业中国的竞争力也会大幅度提高"。

在谈到今后的中韩经贸关系时,金龙镐先生强调"建立相互补充的合作关系"。他认为中韩经贸一向具有相互补充、相互竞争的两面性。中国的改革开放和迅速崛起,给韩国经济注入了新的活力;但两国在国际市场也存在激烈的竞争。两国要采取措施,努力扩大互补合作关系,最大限度地减少竞争。除了经济、产业等合作之外,两国还要在贸易、金融、建筑、农业、航空、信息通信、资源开发、文化、教育、旅游等所有领域建立政府之间、企业之间的合作体系。

坐在电脑前敲这篇文章的时候,韩国新闻界、企业界人士对中国人民的友好之情,对进一步发展中韩经贸关系的热切希望,一直在我的脑海里回旋。对一些具体问题的看法,见仁见智,可能不尽相同。但是,两国人民之间的友谊和双方的经贸关系一定会发展得更好,则是大家的共同心愿。

(原载《河南日报》1997年12月22日)

请看这一家

1998年5月下旬在浙江台州采访期间,一个双休日,台州新闻界同行安排我们一行到天台山游览。导游刘小姐热情大方,爽朗健谈。起初只是谈山说水,兴之所至,随便聊来。我渐渐发现小刘谈的东西很有一些意思,就拿出"采访手段",引出了果真很有价值的"货色"。

刘小姐芳龄20,去年毕业于该县旅游学校,由于成绩优良,普通话说得比较好,当上了导游。她家原来在农村,骑摩托车半个小时可到天台县城。1979年,小刘的妈妈花了1000元在县城买了两间旧房。1984年,刘妈妈花了几万块钱,把旧房改建为三层小楼,每层都有客厅、卧室、厨房、可以洗澡的卫生间。二楼自己居住,其余出租,月租金几百元,具体数目小刘也说不准。

小刘家祖祖辈辈都是农民,现在却只有爷爷一人种地。爸妈立户另过,有粮田大约两亩,菜地一亩半。田地租给别人种,爸爸从事打鱼卖鱼。小刘的妈妈很有本事,既不在家种地,也不在县城新造的小楼里享清福,而是外出闯世界——到宁波卖水果去了。刘妈妈在宁波租了一间房子,和要好的两位姐妹共同居住,每天蹬起三轮车,走街串巷,卖时鲜水果。虽然连铺面都没有,生意不一定很大,但进货的方式却不算"原始"——电话采购。以电话了解老家天台水果的行情,觉得哪种水果价钱合适,及时定购若干,在宁波收货,据说卖价一般比进价要翻一番。刘妈妈是家里当家人,拿大事、过日子,她说了算。小刘的爸爸对刘妈妈很好,又体贴,又随顺。这一点刘妈妈很满意,但又嫌丈夫不适应"形势",赚不来多少钱。因此,说到夫妻感情嘛,据小刘讲"一般"。

　　刘家的近邻也值得说一说。刘姓两代和另外三家原来合住一个"大院"。改革开放以来,市场经济之风,也把那三家吹得转了业。一家在北京做豆腐卖,一家在宁波种菜卖菜,一家外出打猎卖野味儿。这三家在外面站住了脚跟,祖业也就不想要了。刘妈妈抓住机遇,扩大地盘,花了"很少的钱",把那三家的宅基地和房子都买了下来,完成了大院的"刘姓统一"大业。我问小刘:"那大院多大?"刘答:"很大,很大,有很大的菜地,有很大的池塘,还有很大的空地。"

　　眼前这位刘小姐,更是年轻志气大,可能要"青出于蓝而胜于蓝"了。她说:"我现在每月挣八百到一千块钱,在我们这里算不少了,但也'前途不大',我想自己做生意,'闯荡闯荡'。我有钱了,要把我家那大院建成花园别墅。"闲聊中我问:"你想找个什么样的男朋友?""首先要有钱,倒不一定很漂亮。"小刘脱口而出。"年轻人有钱的可不多啊?""有赚钱的潜力也行。"我说,首先得对你好吧！小刘则说:"也不一定,但不要老缠我。"后一句话是什么意思,本来不便当面问人家女孩儿。话说多了,不拘束了,忍不住旧话重提,问了一句。人家倒爽朗,"不要限制我的自由呗。"对于今后的小家庭生活,刘小姐也有设想,强调要有"乐趣"。她说,有了小孩儿,就"送给老师"——老师者,托儿所、幼儿园者也——"否则,孩子整天哭哭啼啼,还有什么乐趣?"

　　朋友,看了刘小姐一家和她家近邻的变化,您是否意识到,这从一个侧面反映了中国农民和农村正在发生深刻的变化呢？旧式的、保守的小农,正在向适应市场经济的现代农民转变,尽管很不成熟;传统的、封闭的农村正在向开放的、有活力的现代农村迈进,尽管只是初露端倪。朋友,那铿锵有力的脚步声,您听到了吗？

（原载《河南日报》1998 年 8 月 15 日）

可贵的启迪

1994年,省委领导同志要我们组织一篇文章,好好宣传一下谢瑞阶同志。我觉得非常必要,但又感到这是一个相当困难的任务。谢老以书画知名于世,以教育大师为人敬仰。他名望如此之高,特别是知识界几乎无人不知,还能写出令读者感兴趣的东西吗?因为视力微弱,他惜别丹青已经10多年,其间也很少参加社会活动,而这改革开放的10多年,对任何人都是不可忽略的岁月啊!更重要的是,谢老一代宗师,博大精深,准确地了解他、认识他、把握他、表现他,谈何容易?

当长篇通讯《大河赤子》完成以后,我松了一口气——基本上写出了谢老其人其神,大体可以交差;也非常高兴——有这样的老知识分子,令河南人自豪!

谢老已93岁高龄,但思想永远年轻;双目几近失明,但能明察事物;物质条件非常简朴,但精神境界十分富有;家庭生活单调,活动空间有限,但国家大事了然于心,天下形势萦系于怀。这很玄吗?不。因为他是一位哲人,熟悉唯物论辩证法,解决了世界观、人生观问题。

谢老读国学,国学中有丰厚的朴素唯物论辩证法营养;谢老学马列,使自己朴素的唯物论辩证法意识得以升华为科学。在我看来还有非常重要的一点,谢老有十分丰富的阅历。旧社会的无数灾难,种种坎坷,解放后到基层作画,和工农结合,经过历次政治运动,包括"文革"十年浩劫,又亲身经历拨乱反正,看到改革开放的历史风云。国学的精华,马列的理论,实践的体验,三者结合,使谢老有了坚定的信念,心中有了"定盘星",有了坚强的"思想支柱"。这些归结为一个字,就是"公"。谢老说:"只有一个字可以代替这个意义,这就是'公'。想到'公',我们就有力量。"归结为一句话,就是谢老反复强调的"只有社会主义才能救中国,只有有中国特色的社会主义才能富中国"。

世界观、人生观是最根本的问题,这个问题解决了,其他问题都可以迎刃而解。唯物论辩证法是最锐利的思想武器,它可以洞察一切事物,剖析所有难题。思想境界到了这一步,个人、家庭、天下事,小事、大事、复杂事,都能想得清,看得透,左右逢源,得心应手,就是说可以逐步接近"自由王国"。

学习谢老,最重要的就是要学习谢老树立正确的世界观、人生观,有坚定的信念,学会用唯物论辩证法分析问题,认准形势的主流,把握事物的本质,坚定前进的方向,任何时候不彷徨、不迷惘、不动摇。

谢老的成就我早有所闻,但过去由于所学专业不同,工作关系不多,一直没机会拜谒谢老,聆听训教。前年年底,谢老应邀来社指导《河南日报》纪念毛主席诞辰100周年书画展览,才有了机缘。谢老思想敏捷活跃,谈吐富有哲理,说话风趣幽默,待人亲切热情,给我留下极为深刻的印象。那天我送谢老回家,看到他家那么简朴清冷,真不敢把这个家和谢瑞阶这个响亮的名字联在一起。当我说要向有关方面反映,建议给谢老换一套有暖气的房子时,谢老急忙说:"组织上给了我很好的房子,因为老两口年事都高,老伴又是全盲,所以没有搬。"当时天气很冷,谢老家中凉气森森。我说要给谢老送套电暖器来,谢老又急忙说:"我有,我有,还不算很冷,所以没启用,能省一点电就省一点嘛;如果你们嫌冷,我马上打开。"我还能说什么呢?

这就是我们的谢老!

(原载《河南日报》1995年5月19日)

我这两年多

2009 年作者在书房

真没想到,我 54 岁又学一门新专业——办报。我是学历史的,大学毕业后留校吃了十几年教书饭,又干了十几年出版,经历就这么简单。1990年国庆过后,我走进河南日报社上班时,常常问自己,没学过新闻,又没办过报纸,一来就坐在总编辑办公室,报社的同志能接受吗?自己能挑起这副担子吗?不过,既然组织决定这样安排,那也只有一条路:学!向老领导学,向专家学,向报社的全体同志学,尽最大的努力,把工作干好。两年多来,报社的同志对我热情指教,积极支持,使我较快上了路。更重要的是,工作不仅没有因为我这个外行而受到明显影响,还有所前进,有所发展。

就说1992年吧。我们的《河南画报》由双月刊改为月刊,内容作了重大调整,在贴近群众、贴近生活上迈出较大步子,受到读者好评。国家新闻出版署一位期刊专家说,《河南画报》是全国少数较好的画报之一。我们的《漫画月刊》继续受到专家和读者的称道。国庆前后,在北京劳动人民文化宫举办的《漫画月刊》精品选展,在首都漫画界和漫画爱好者中反映热烈,有人还使用了"轰动"这个词儿。《河南农民报》在办好报纸的同时,做好了改为大报的准备。我们的《新闻爱好者》也取得了新成绩。至于《河南日报》,前进的步子也还可以。印刷质量,全国中央和省级100多种报纸评比,名列第四,这很不易。元旦过后,推出了周末扩大版。它起点较高,颇具特色,追求大气魄、大情趣、大格局,内容丰富,版式大方,受到读者的关怀和喜爱。进入下半年,又紧锣密鼓地筹备扩为八版。扩版不只是增加版数,更重要的是质的提高,使报纸适应时代潮流。工作量要翻番,我们咬紧牙不增加编制,用内部挖潜来解决。

办这些事要靠全社职工团结协作,勤苦操持。我呢,倡导支持,忙东忙西,也尽了心,出了力。这一年,可以说既有苦辣酸,也不乏甘甜,这碗饭吃得也有滋有味。

新的一年,日子也不会很顺溜。有篇大文章,必须认真去做,这就是:在社会主义市场经济的条件下,如何办好报刊,如何搞活经营,如何建设队伍,如何加强管理。照我看,从此开始,社会主义的报刊也要逐步走上新里程。我们要使自己的思想、工作、作风,适应不断发展的现实,跟上历史前进的步伐。当然,这篇文章决非一年可以完稿,但今年必须开篇,这是从工作全局上说的。

读者关心的恐怕还是我们的两报三刊。《新闻爱好者》内容有所调整,质量会有所提高。《漫画月刊》增加了页码,有新的起色。《河南画报》总结了改刊一年来的经验教训,步子会比去年硬朗一些。《河南农民报》已改名为《河南日报农村专版》,由小报改为大报。更主要的是内容有重大调整,增强指导性、服务性、可读性,以适应进一步重视农业,加强农村工作的新形势。我们希望这张报纸能成为农村工作者的参谋,农民和乡镇企业的朋友。每天出八版的《河南日报》,力求加强指导性,扩大信息量,提高可读性。要以高强音宣传党和政府的精神,为建立社会主义市场经济体制鸣锣开道,为河南的现代化建设和经济再上新台阶擂鼓助威,为创造干事创业的良好环境摇旗呐喊。要及时传播各种信息,反映人民的心声,逐步使各个层次的读者都能看到自己需要的、喜欢的东西。

这是我们的目标和愿望,而我们的报刊不尽如人意处甚多。诸如信息量较少,可读性较差,言论和报道缺乏深度,文章和版面不够活泼,等等。以这样的现状,要实现那样的目标,难矣哉! 怎么办? 一靠领导,领导一直是重视和关怀的;二靠全社人员的努力,可以说我们已经有了一点表现;三靠社会各界、广大作者和读者支持帮助,多出主意,惠赐佳作,这是十分重要的。拜托再拜托,我在这里鞠躬了!

(原载《河南日报》1993 年 1 月 16 日)

新闻队伍作风建设三议

新闻队伍作风建设包括十分丰富的内容,本文只想就三个方面的问题谈一些想法和体会。

敬业负责　无私奉献

新闻工作者必须有强烈的事业心和高度的责任感,满腔热情,兢兢业业,极端负责。许多新闻工作者在这方面做得很好,像山西电视台记者张根昌、锦州有线电视台记者杨晔等,他们为我们树立了榜样。但是,新闻队伍中也有一些问题值得注意。例如,只把新闻工作当做一般业务工作,愿意"自由采访",对组织安排的任务兴趣不大,不愿多下工夫;干的时间长了,有了一些经验,完成任务不难,就满足现状,不思进取,诸事应付,不好不坏;羡慕挣大钱的,不安心工作,甚至找机会"捞外快";职务、职称、房子等不如意,就提不起劲,老是没神……对这些问题不能简单扣帽子,"硬处理",

要具体情况具体分析,该解决的问题要尽力解决。但是,加强责任心、使命感的教育,摆正个人利益和事业大局的关系,培养敬业负责、无私奉献的作风,的确十分必要。

新闻工作者对自己的事业必须有正确的认识。新闻工作不是一般的业务工作、技术工作,它政治性、政策性很强,责任重大。我们党和国家的新闻媒体是党和人民的喉舌,它的根本任务是以正确的舆论引导人,为改革开放和社会主义现代化建设创造良好的舆论环境。工作做得好,可以引导人民群众团结起来,为实现党的路线奋力拼搏;出了偏差错误,特别是舆论导向出了问题,就会产生消极作用,甚至影响改革、发展、稳定的大局。

为了完成这样的任务,新闻工作者必须有很高的素质。准确地宣传党的理论路线、方针政策,既需要有很高的政治、理论、业务水平,又必须富有开拓创新精神,有很强的新闻敏感,具备多方面知识,掌握多种表现手段,还必须有艰苦奋斗的作风。坐在办公室、泡在会议中、走马观花式的采访,搞不出好新闻;按部就班,应付差事,手腿不勤,思想懒惰,也搞不出好新闻。必要的时候,得像打仗那样去拼,像体育竞赛那样去拼。显然,没有无私奉献的敬业精神,这一切都无从谈起。

联系群众　深入实际

丁关根同志在全国省级党报总编辑研讨班上的讲话中指出:

"深入群众、深入生活、深入实际已成为党报提高水平的关键。"这话切中要害,讲得非常好。

现在,新闻资源大为丰富,采访手段大有改进,信息传递大为便捷。从前不到群众中、不下基层去,就抓不到新闻,写不出稿子,完不成任务。如今,翻阅文件,打个电话,要份资料,摘编整理,"推理分析",甚至加上"合理想象",就可应付交差。这样就容易产生脱离实际的弊端,必须采取切实措施防止上述倾向,解决这方面的问题。

最为重要的是解决感情和认识问题。对人民群众要有深厚的感情,要认识到深入基层调查采访是新闻工作者的基本功,没有这套本领,决不可能成为好记者、好编辑。解决这个问题只靠一般的学习不行,必须在深入群众、深入实际中学习提高。

在这方面我们是有切身体会的。1992年,豫南发生严重水灾,我社派出小分队深入第一线采访。他们看到灾区群众在党组织领导下,顾全大局,团结协作,斗志昂扬,抢险救灾,出现许多催人泪下的感人事迹,大大加深了同人民群众的感情。有位记者家里受灾严重,但为了完成报道任务,他虽然已经到了离家不远的地方,却没有回家看看。另一位记者完成任务回社时,把自己身上的钱和衣服留给了灾区群众。去年,我社组织记者到人们少去的边远乡村采访,农业处领导带队,全处同志分批前往,开辟《中州沿边行》专栏,发表稿件28篇,受到省委和读者的好评。我们还组织青年记者在老记者带领下到煤矿、工地、农村等基层采访。尽管这些青年记者经验并不丰富,但由于真正深入了实际,掌握了第一手资料,写出了好稿子,其中的一半被评为我报1994年度好新闻作品。这些事实再一次告诉我们,联系群众,深入实际,是加强新闻队伍作风建设、搞好新闻工作的关键途径。

坚持原则　不谋私利

新闻工作必须坚持真实、客观、公正。真实是新闻的生命。不仅所报道的具体事实要真实,更为重要的是必须能够从总体上、本质上把握和反映事物的真实性。今天,新闻的重要性日益被更多的人们所认识。越来越多的机构、团体和个人千方百计地利用新闻媒体宣传自己,扩大影响,使自己在社会变革中,在激烈竞争中,处于有利的地位。这样,新闻的真实、客观、公正性,有时就可能受到或隐或显的干扰。

例如,对新闻媒体公关工作做得好,接待记者热情周到,报道就受到"优待";反之,经济落后、效益不好、接待条件差,无法那么"热情周到",记者就去得少,或者去了也提不起精神,写不出好稿;朋友、熟人、关系户打了招呼,做了工作,报道就受到"照顾",甚至不必要公开批评的被曝光,应该曝光的被掩盖;广告竟然作新闻报道处理等。还有更糟糕的,就是有偿新闻。它影响极坏,群众意见很大,中央严肃批评,主管部门严令禁止,新闻界也已经高度重视。

排除可能出现的各种引诱或干扰,尽可能恰当地处理所有新闻报道,新闻工作者必须具备坚持原则、不谋私利的好作风,具备良好的职业道德。

根据省委的指示精神,河南日报近几年在加强新闻职业道德教育方面做了一些工作。近3年来,每年都联系实际学习《中国新闻工作者职业道德准则》。我社把对工作人员职业道德的要求公诸报端,并公开举报电话号码,请广大人民群众监督。凡有群众反映的问题,都认真查处。从1993年开始,河南日报在全省开展了通讯员评议编辑、记者活动,机关党委印发评议表格,请通讯员无记名评议。在此基础上召开地市委宣传部新闻科长会议,请与会人员背对背评议编辑、记者在职业道德方面的表现。每年评选先进时,都把职业道德作为一项重要内容。通过教育和实践,大家的认识有所提高,每年都有一些编辑、记者因拒收礼金、采访作风好而被有关部门来函表扬。一些记者下基层采访,到职工食堂排队买饭,表现了良好的精神风貌。

作风建设既要有紧迫感,又必须常抓不懈,必须把它作为培养政治强、业务精、作风正的新闻队伍的一项重要工作,抓细抓实,务求不断进步。

(原载《新闻战线》1995年8月)

老陈，我们永远记着你！

2000年国庆节以后，我就被抽到高等学校搞"三讲"教育巡视工作。那天，巡视组一位同志告诉我："听说你们报社一位老副总编去世了，姓陈。"退下来的老总只有一位姓陈，就是陈锐同志。

陈锐同志生前照片

前不久我还在院里见过他,又没听说他犯病,不可能吧？我立即给办公室主任王继德打电话,天哪,竟然是真的!

陈锐同志一辈子从事新闻工作,对河南日报社的发展作出了重要贡献,是有威望、有影响的老报人。我和他早就认识,但是真正相知相熟、过从密切,是我到河南日报社工作以后。

1990年9月,在住院治病期间,得到要我去河南日报社工作的信息。它犹如一声霹雳,使我顿时紧张起来。我是学历史的,和新闻不搭界,从来没办过报；又没当过地委书记什么的,凭什么坐省委机关报总编辑的椅子？54岁的人了,正在住院,还能再学一个新专业？

作者和陈锐在一起

我原本是个书呆子,吃过16年教书饭。1976年春末,从北京师范大学调回河南,在那"天下大乱"的年月,阴差阳错地改吃出版饭。在重用知识分子的大背景下,逐步给我加上重担,头上戴着新闻出版局局长、河南人民出版社社长、总编辑的帽子。一些人认为我够"红"了,可是我的挚友都知道,我最有滋有味的饭是啃历史,吃粉笔末,总想有机会还去干老本行。80年代初,一位老领导推心置腹地对我说:"你顶着这样的帽子还能去教书吗?真是个书生!就死了这个心吧。"一想,是这个理儿,帽子犯忌讳。好,那就死心塌地搞出版,扑下身子认真编书、出书、卖书,后来又加上新闻出版管理,上了劲,也就上了瘾。我把出版当成终身事业了,又叫去办报,这是咋回事?

那两天越想越不是味儿,越想越没有路。夜深人静,辗转反侧,无法入睡,吃3次安定,6片,还是不能成眠。到底给省委打了报告,反复陈述去不得,不能去。省委很快传下话来:"调一个干部就这么难?还是重用嘛!给他做工作,不行就批评,常委会定下的事不能变!"

兜头清水浇下来,发热的头脑清凉了,也清醒了。既然不可变更,也就不再胡思乱想,心倒定了下来。人哪,就是这么怪!

国庆节之前一两天,省委常务副书记吴基传找我谈话,交代任务,热情鼓励,寄以期望。我既受鼓舞,又感到困难比原来想象的还要大。吴书记告诉我:报社现任总编辑另有任用,4位副职年龄超过退下，你的副手顺序现在不定，以后再说。11月全省要开五次党代会，省直只有报社党员重新登记还没搞。国庆一过你立即去报社上班，赶快把工作抓起来，首先是稳住局面，办好报纸；同时要立即抓党员登记，党代会召开之前搞完。

报社总编辑要列席省委常委会，又有其他会得去开；免不了还要出门，副职没有顺序，交代谁主持工作？每天必开的编前会原来是二把手陈锐同志主持，这次他要下来。其他厅局办事有法律、法规、条例、办法、细则可依，办报没有这样的条件，经验就特别重要。我是门外汉，编前会拍板有困难。没有顺序的副职怕闲话，要避嫌，一般难以往前站。

还有一个情况，报社编辑部最重要的处是总编室，它是采编业务的综合部门，负责制订报道计划、安排版面、组织报纸出版工作，原有主任一正两副。主任是编委委员，随总编辑轮流上夜班，副主任空缺，只好暂时由编辑部各处处长轮流作为夜班主任值班。他们虽然水平很高，但做的是"分外工作"，毕竟不是专业出版人员。如果我有失误，夜班主任又不能弥补，就会造成大损失。

思来想去，只有请陈锐同志出来帮助。报纸工作责任重大，十分敏感，已经卸职的老同志还愿意费这个神、负这个责吗？就是陈锐同志高风亮节，也难免担心别人议论。只管硬着头皮试试吧，我到陈总家里去诚心拜请。推心置腹说明原委以后，陈总顾全大局，很同情体谅我。他说："真有必要，我可以做。但光咱俩说不行，没有上面的话,我怎能去挑这副担子?"我说:"这个我明白。不经过有关程序,我也没有把担子交给你的权力。"

从陈家出来,我就直奔当时的省委宣传部部长于友先家。说了我的想法和陈总的态度以后,于部长很高兴。"办报非同小可,还得抓党员登记,班子变化那么大,总编室又没夜班主任,我正替你发愁呢。你倒聪明,有本事能把老陈请出来。好,就这么着。"

这事还得经过报社编委会讨论(当时没有党委会)。我先和个别班子成员沟通,得到支持,然后在编委会顺利通过。同时,编委会也同意我的提议,请卸职的崔泽东、李怀燎、费文思三位领导都再工作一段,以便顺利过渡。

10月3日,于友先部长到新闻出版局、河南人民出版社宣布我的工作调动。4日,我随于部长和省委组织部李学斌副部长走进河南日报社。两位领导宣布了我和王天林同志的任命通知。10月7日,报社召开职工大会,我第一次和大家见面。我在会上说:"我根本没资格做总编辑,也不愿意坐这把椅子。不过,既然省委把我派来,只有和大家一起,努力把工作干好。我诚心拜全社同志为师,特别是拜老领导为师,拜陈锐同志为首席老师,尽快熟悉业务,挑起担子,恳请各位教我帮我。如果我不努力,或者经过努力也不行,大家觉得不可造就,我随时准备卷铺盖走人。"会后,刚刚宣布新职的、我的前任邓质钢总编辑郑重地对我说:"凤阁同志,7日以前的报纸我负责,以后的可就由你负责了。"这句话我一辈子忘不了,它使我第一天就深切地知道责任何等重大,这碗饭可真不好吃!

从我上任那天起,编前会都是陈锐同志主持,我不在社时由他主持采编工作。很多敏感、复杂的难题,他都主动解决,以其经验和威望,出色地扮演着本来不该由他辛苦的重要角色。他和其他老总编辑、在任总编辑以及中层干部与全社同仁,既尊重我,又各负其责,不给我出难题。这样我才能一边学习,一边工作;同时用相当精力抓党员重新登记这项重要而复杂的大事。直到第二年4月,省委下文建立中共河南日报社委员会,郭正凌同志和新调来的刘海程同志任副书记,副职明确了顺序,才由正凌同志接下老陈的担子。但是,陈锐同志仍然负责审阅稿子,和怀燎同志一起又干了几年,才真正离职休养。

陈锐同志政治敏锐,事业心强,敢于负责,办报经验丰富,善于处理敏感问题。我从他身上学到了很多东西,特别是为了河南日报的事业,他以卸任之身,在我一生中压力最大、最为需要的时候,全力支持我,维护我,实在难能可贵。即此一端,可知陈锐其人。

陈锐同志的确是我学习办报的首席老师,我永远感激他。在他辞世之前没能去看望,是为终生遗憾。这些天一直忙于"三讲"巡视工作,直到今天才有空草成这篇文章,说说我对老陈当面说不出的内心话。老陈,你听到了吗?

陈锐同志,我永远记着你!

(原载《新闻爱好者》2001年第1期)

坚持正确舆论导向　服务改革发展稳定

全国和我省宣传思想工作会议之后,新闻界都在认真学习领会贯彻这个会议精神,总结经验教训,适应新的形势,采取切实措施,提高新闻宣传的质量和效果,更好地为社会主义现代化建设服务。这里我结合《河南日报》实际,谈一些想法,和同行共斟酌。

一、认清形势,坚持正确的舆论导向

（一）适应新的形势,明确新的任务

1994年,我国经济体制改革进入了整体推进和重点突破相结合的新阶段,建立社会主义市场经济体制的改革措施出台最多,改革的广度、深度、力度、难度超过以往任何一年。这样的形势,给新闻宣传工作提出了更高的要求。面对已经出现和将要出现的新情况、新问题、新矛盾,我们的思想准备、知识准备都很不足。怎样把报纸办好,从思想观念、工作任务、工作方法到工作作风如何适应这样新的形势,的确是我们党报工作者面临的重大课题。

党报的头等大事就是要坚持正确的舆论导向。在改革进入攻坚阶段之际,把握好舆论导向比过去更为重要。江泽民同志指出:"正确引导舆论,重要的是正确把握形势,增强全局观念,坚持宣传好党的路线方针政策,坚定不移地在政治上与党中央保持一致。"这就要求我们必须认清形势,统一思想,明确任务,服从大局。"抓住机遇,深化改革,扩大开放,促进发展,保持稳定"是今年全党工作的大局。报纸宣传必须好好把握这个大局,自觉服从和服务于这个大局。

"坚持一个根本指针,抓好四大工程"是江泽民同志在全国宣传思想工作会议上阐明的当前和今后一个时期宣传思想工作的主要任务,我们必须牢牢把握建设有中国特色社会主义理论这一根本指针,结合河南和报纸工作实际,着重抓好"以科学的理论武装人,以正确的舆论引导人,以高尚的精神塑造人,以优秀的作品鼓舞人",为全党工作大局服务,为省委的中心工作服务。

(二)坚持正面宣传为主,宣传好党的路线方针政策

在新的形势下,坚持正面宣传为主,要把宣传好党的路线方针政策放在首位。一是深入宣传基本理论,即宣传好邓小平同志建设有中国特色社会主义的理论。二是深入宣传基本路线,即宣传好"一个中心,两个基本点"的基本路线。三是深入宣传基本体制,即建立社会主义市场经济体制。四是深入宣传"两手抓"的方

针,即一手抓物质文明,一手抓精神文明;一手抓改革开放,一手抓惩治腐败;一手抓经济建设,一手抓民主法制建设。

要始终围绕经济建设这个中心开展宣传报道工作,把全省广大干部群众的积极性、创造性引导到发展社会主义市场经济上来,引导到实现"一高一低"战略目标上来。同时,要加强对舆论和群众心态的调查研究,对群众关注的"热点"、"难点",应注意解惑释疑,从而增强舆论引导的前瞻性。

要搞好舆论监督,以这个有力武器反对官僚主义,克服消极腐败现象,纠正不正之风。舆论监督一定要注意社会效果。揭露问题、批评缺点的报道,要选择带有普遍性、倾向性的问题。防止和克服单纯追求"轰动效应"的倾向,坚持实事求是,有利于团结稳定鼓劲,增强人民克服困难、不断前进的信心。

二、抓好重点,搞好改革、发展、稳定的宣传

(一)报道内容要选准重点

今年的报道重点非常明确,就是"抓住机遇,深化改革,扩大开放,促进发展,保持稳定"。特别要注意处理好改革、发展和稳定的关系。改革是动力,发展是目的,稳定是保证,三者相互依存,相互促进,这是我们宣传报道的重中之重。

要着重宣传好"三个制度",即现代企业制度、社会保障制度、收入分配制度;"两个体系",即市场体系、宏观调控体系;"五项改

革",即财税改革、金融改革、计划改革、投资改革、外贸改革。同时要继续加强"发展才是硬道理"的宣传,扎扎实实地宣传社会主义现代化建设的新成就和全省发展的好形势。要特别注意加强稳定的宣传。由于今年改革力度大、范围广,势必出现一些新情况、新矛盾。要深入调查研究,科学分析,善于引导,化解矛盾,使群众感到入情入理,体谅党和政府的困难,增强克服困难的信心。

要重点宣传好郑州、洛阳开发区,漯河、商丘实验区,十八个特别试点县,以及省委、省政府提出的具有战略意义的"552211"工程。要深入宣传各市地各战线积累的新经验,出现的新气象,遇到的新情况,面临的困难和问题。

(二)报道形式抓住重点

一是加强言论和理论文章。《河南日报》历来重视言论,尽管这方面还有许多不足之处,但是也发表过一些质量较高的言论。今年我们仍然要运用好这个武器,及时通过对重大事件或问题的评论来阐述中央、省委、省政府的方针、政策和要求。对重大问题,要组织系列评论;带有苗头性的问题,要有针对性地"快速反映"。特别是下工夫使言论有深度,针对性强。要努力组织一批理论文章、联系实际的心得体会文章,深入浅出地宣传邓小平同志建设有中国特色社会主义理论和社会主义市场经济理论。

二是抓好深度报道、重点报道。近几年,《河南日报》在这方面下了工夫,发了一些在社会上引起好评的深度报道和重点报道,如《郑州市对外开放的观察与思考》、"股份制改革"系列报道,学习林县人民艰苦创业精神的报道,关于反腐倡廉的报道,以及最近推出的"中州改革潮"系列报道等,都受到省委、省政府的肯定。实践证明,深度报道、重点报道是报纸的"重型武器"。今年《河南日报》力争在这方面有新的起色。

(三)报道组织突出重点

要努力加强重点报道的主动性、策划性,把省委、省政府的意图和新闻的一般规律结合起来,出好点子。要调动方方面面的积极性,组织好通讯员、记者、编辑三支队伍,协调好业务处室和总编室的关系,使重点报道能够落实。在版面处理上,重点报道要舍得版面,发出气势,发出效果,让读者从版面上就能感受到编辑部的报道意图。

总之,今年要力争根据中央和省委的精神,抓住重点问题,组织重点力量,撰写重点言论,组织重点报道,安排重点版面,集中精力,打几场硬仗。与此同时,还要认真抓好常规报道,组织好日常的报道,这方面的工作一点都不能放松。

三、努力做到"六要六不要",把握好新闻宣传的"度"

丁关根同志在全国宣传思想工作会议上指出"要帮忙,不要添乱;要唱响主旋律,不要搞'噪音';要注意社会效益,不要见利忘义;要遵守宣传纪律,不要各行其是;要'聚焦',不要散光;要狠抓落实,不要搞花架子"。"六要六不要"对于搞好新闻宣传至关重要,每个新闻工作者都要当做座右铭,牢记不忘,身体力行。

结合报纸工作实际,我认为落实"六要六不要"特别要注意以下两个方面。

第一,严格遵守党的宣传纪律。既要研究和捕捉改革中的"难点"和社会生活中的"热点",又要冷静分析思考,妥善处理,决不能"热"上加热,"难"上加难。对中央和省委、省政府决定了的事情决不乱发议论;关系到社会稳定、民族团结、宗教政策、外交关系等重大问题的报道,要慎之又慎。对只供内部掌握的原则和情况,内部正在研究的政策和问题,只发内参,不公开报道。

第二,坚持唯物辩证法,防止片面性。坚持实事求是,坚持两点论,把握好宣传报道的"度",才能较好地克服绝对化、一刀切、"一哄而起"等片面性问题。当前,新闻宣传中应特别注意把握好一些重要关系,如改革、发展与稳定的关系,充分肯定成绩与揭露矛盾、正视困难的关系,经济建设中速度与效益、数量与质量的关系,宏观调控与微观搞活的关系,加快经济发展与打击经济犯罪的关系,精神产品弘扬主旋律与提倡多样化的关系,等等。要防止只讲一个方面而忽视另一个方面,只注意一种倾向而掩盖另一种倾向。

《河南日报》在近几年的报道中,在把握好"度"方面,也积累了一些经验。如,邓小平同志南方重要谈话发表之后,改革大潮再次涌起时，我们强调解放思想与实事求是相统一。各地各单位都在大胆地试、大胆地闯，而哪些可以报道，哪些必须重点报道，哪些暂不报道，则需慎重选择。针对当时的情况，我们提出"旗帜要鲜明，思想要敏锐，头脑要冷静"。由于注意把握好"度"，总体上说没有出现误导。又如，在去年整顿经济秩序时，我们既大力宣传中央的宏观调控措施，又立足河南实际，实事求是。区别对待，内外有别。特别是对于经济是否过热、金融秩序、房地产问题，拿不准的话不说。要把广大干部群众的积极性引导到又快又好地发展经济上来，绝不能挫伤干部群众的积极性。实践说明这样掌握分寸，效果比较好。

（原载《新闻爱好者》1994年第5期）

对张光辉的新认识
——《为之则易》读后

张光辉同志去年出版的文集《为之则易》,当初拿到时只看了张文彬同志的序、作者自序、目录和少数文章。最近身体有点毛病,想找不那么费劲的书浏览,又把这本书摆在了案头。我和光辉是老熟人,还有机会和他一起工作过两个月,那一段时间几乎是朝夕相处,自认为对他是了解的。读了这本文集,脑子里有了一个新的张光辉,原来他的功力那么厚,知识那么宽,那么有心,那么勤奋,以前的了解是肤浅的、片面的。

张光辉同志年纪不大,经历却比较丰富,先后做过机关干部,从事过新闻、秘书、宣传思想工作,在省委宣传部又经历过多种岗位,还曾到林州市挂职锻炼,担任副市长两年。除去几年新闻工作之外,虽然和文字工作都有不解之缘,但应该说主要不是做文字工作的。在浮躁之风四处浸漫,"应酬"被视为正当甚至重要事情的时下,担任的宣传思想工作和管理工作又那么繁重,却能写出这么多有相当分量的文章,着实难能可贵!由此可以看出,这位朋友的生活态度是积极昂扬的,生活状态是紧张充实的。

　　文集分评论、理论文章、调查与考察报告、实践报告四部分。看样子第一部分主要是新闻作品,如果这些文章可以称为"职务作品",其余的文章大多数恐怕属于"非职务作品"了,尽管和职务有不同程度的关系,有的同职务的关系非常紧密。这些文章的鲜明特点是:都是从社会现实、本职工作的需要出发,密切联系实际,提出问题,分析问题,力求较好地解决问题。怎样解决"姓资姓社"问题,宣传思想工作如何从"以意识形态为中心"的模式中解放出来,既要反对教条主义和本本主义,又要反对官僚主义和形式主义,正确处理改革、发展、稳定的关系,党的建设问题,精神文明建设问题,新时期的创业精神问题,积极实践"三个代表"重要思想问题,青年干部和知识分子问题,林州人民的创业精神问题,国有企业改革问题,城镇建设和管理问题,马克思主义新闻观教育问题,等等,无一不是社会实践和工作实践中提出的必须认真解决的重要问题。有些"重量级问题"十分难啃,又不一定是自己的工作职责,作者不畏艰险,迎难而上,表现了自觉的政治责任感和社会责任感,以及浓厚的理论兴趣和探索精神。这是极其宝贵的政治品质和政治素质。

　　从现实中抓问题的文章很难作,作为新闻工作者对此我深有体会。能不能解决问题,哪怕是为解决某一方面问题提供一个思路,实践第一线的同志一看就有说法;付诸实践更是立时就露馅。既然是文章(不是工作计划、工作方案),总得有一定的理论深度,还得讲究谋篇辞章。光辉有理论修养,有实践经验,有新闻工作者的敏感,加上有写作习惯,笔头有功夫。因此,文集中的不少文章和某些专业理论工作者的文章不同,它有很强的针对性和实践性;和某些党政干部的文章有别,它有较强的思辨性和理论性,比较注意文采。文章,特别是研究现实问题的文章,反映一个干部的综合素质。善于在实践中抓住有价值的问题,有研究、探讨的兴趣和功力,撰写分析透辟、逻辑严密、讲究文采的文章,以之深化对问题的认识,动员和鼓舞群众,推动工作的顺利开展,是新时期干部应该具备的重要条件。

这部文集,特别是下面几篇文章,又使我进一步认识作者的有心和勤奋。作为党校学员到上海学习考察,写出《访沪十感》;到邯郸、张家港学习考察,写出《邯郸市城市形象建设考察报告》《张家港市城市规划建设管理考察报告》;参加"香港工商业研讨班——市长城市规划研讨班",写出《学习香港经验 搞好城市建设》。上述学习、考察都是短短的几天、十几天,可说是走马观花。没有敏于发现,肯于思考,勤于搜集,善于分析,是写不出像样的东西的。类似的经历我也有过,也曾有整理出个材料的想法,但没有光辉那样有心和勤奋,只写出若干零星东西,没有结出什么像样的果。行文至此,仍有抱憾。但愿读者朋友以我为鉴,戒疏戒懒,以免他日后悔晚矣之叹。

文集中的四组文章各有特色,第二组最见功力和水平,但是坦率地说,我更喜欢一、三两组,第四组实践报告内容不错,但不是严格意义的个人作品。这里不是指可能有别人参与写作。因为是履行政府和公务人员的职责,自然必须按文件和党委、政府议定的内容讲;还必须考虑特定的对象,大体遵循长期形成的文书程式和范式;即使完全由个人执笔,有个人的思考和表述方式,也不可能像撰述个人作品那样讲究独到见解和个人风格。

第二组理论文章有些我也喜欢,如《从春节看十年来我国生活方式的变革》《从想富怕富到敢富》《由二十一个指印想到的》等。这些文章着重讲一个方面,内容具体,比较生动活泼。

这一组中的大理论文章恐怕是最下工夫、最见功力、最有分量的。没有认真读过有关的基本理论著作,没有反复研究有关的文件和方针政策,没有对实际情况的深入调查研究,没有把握全局的能力,没有较高的分析综合能力,没有这些学养和素质的准备与积累,无论如何写不出那样的文章。所以,我对敢打这种硬仗的朋友是很钦佩的。

但是,有些文章题目太大了,以一两个人之力,以仅有的条件,以那么短的时间去拿下来,难免有勉强和力不从心之慨。它们的政治性太强了,权威文件说得清楚明白,相关文章也不少,想有创见和新意实在不易。真有某些独到见解,又把不准能不能公开;决心写出来了,又要抹掉棱角,说得圆一点。受语言环境的影响,这类文章还得注意通行的程式和范式。例如,必须和有关文件对口径,重要提法要有根据,要力求全面,等等。于是乎不知不觉就弄成个"大架式",面面俱到,有根有据,无懈可击;也不是没有新意,新意让一般东西给淹没了。正因为如此,许多人不愿意承担这样的任务,担心出力不讨好。

但是现实需要这方面的文章,研究这方面的理论问题是十分必要的。能不能这样:以攻坚战"整体解决",即组织专门班子,给他必要的条件,包括必要的投入和时间,立项专门研究某个大题目。这样的文章以领导干部和专业工作者为对象,讲究的是理论的高度、分析的透辟和逻辑的严密,数量不必很多,质量一定要精。以麻雀战"分散解决",即把大题目化成若干小题目,若干篇幅不大的文章从不同方面论述一个大题目。这样的文章要面向一般干部和广大群众,强调联系实际,针对性强,通俗易懂,为广大读者所接受、所喜欢。两者各有侧重,相辅相成,效果可能会好一些。中央宣传部编写的《"三个代表"重要思想学习纲要》,既全面准确,又通俗易懂。我认为应该作为范例,认真学习研究和体会它的写作方法,改进文风,提高政治理论的针对性、可读性和吸引力、感染力。

不同的读者由于不同的经历和文化背景,对一部作品特别是政治性、现实性很强的作品,看法会有所差异,同一个人也会从不同角度对一部作品提出不同的评论,见仁见智,此之谓也。上面那些说法乃一孔之见,或有片面、谬误,期盼智者正之。

（原载《河南新闻出版报》2003年9月25日）

评《汴梁晚报》

最近结合学习中央关于新闻工作要坚持贴近实际、贴近生活、贴近群众的精神，集中阅读了6月份的《汴梁晚报》，并两次到开封对该报作专题调查研究。我觉得《汴梁晚报》在"三贴近"方面，特别是把笔头对准基层，把版面留给群众；关注热点问题，反映群众呼声；推动实际工作，引导社会舆论等方面，成效是很明显的。

一、从版面看"三贴近"

《汴梁晚报》是开封日报社出版的，周六刊，星期日无报。4开，16版。大体可以说以新闻版为主体，以专版和副刊为两翼。

从版面考察一张报纸"三贴近"做得怎么样，首先应该考察该报的本地新闻版和以本地新闻为主的版面。在《汴梁晚报》就是《要闻》和《综合新闻》版。6月有5个星期日，共出报纸25期，400版。《要闻》和《综合新闻》版为101个，共刊发本市新闻574条

（包括图片，下同），其中头题95个。本市新闻中报道基层、群众的有431条，占75%；内有头题70个，占74%。

专版中的《百姓报道》和《街道·社区》，报道对象是基层、群众。6月份共编发这两个版15版次，平均1.7期报纸一版次。

《综合新闻》《百姓报道》和《街道·社区》版报道的对象为基层、群众的专栏有《胡同新闻》《百姓热线》《热线直击》《新闻追踪》《新闻招手停》《总编辑热线回音》《一周热线回音》《社区抗非典》《社区大家谈》《社区掠影》《社区星座》《直通社区》《社区故事》《老百姓故事》《片警风采》等。6月份以上专栏共编发54栏次，平均每期报纸2.2栏次。

以上数字不能说很准确，但从一个侧面说明《汴梁晚报》"三贴近"的宣传报道是相当突出的。

二、读者和有关领导的评论

7月11日上午，我在开封日报社开了个读者座谈会，基层干部、教师、退休干部、人大代表、政协委员、律师、医生、社区办事处干部、交警，共10人参加。人人抢着发言，都是开门见山。

《汴梁晚报》是平民报纸、百姓报纸，是开封的骄傲。

它有可读性、亲和性、文化性；不黄、不俗、不浅、不滥、不旧、不狂。

报不大，信息量大。它给你一个人民的开封，世界的开封，立体的开封。

我订有5份报纸,包括很有影响的大报,最喜欢看的是《汴梁晚报》。不是那些报纸不好,只有这份报纸是汴梁味,百姓情。

《汴梁晚报》是一览小天下,我天天看,一天不看心里受不了。星期天没报心里空落,老觉得少了啥。

我昨天夜里10点才出差回来,看《汴梁晚报》看到下两点才睡,看不完心里不踏实。

我家里都是工人、干活的,儿媳、孙媳本来都不看报,后来都跟着我看《汴梁晚报》,如果哪天我忘记把报纸放到外屋,她们就找我要。

《汴梁晚报》记着胡锦涛总书记讲的"权为民所用,情为民所系,利为民所谋",记者能深入基层。一些栏目如《百姓热线》《新闻招手停》《总编辑热线》,登的都是咱老百姓身边的事儿,你咋不爱看?

《百姓热线》像一块块小豆腐干,都是百姓关心的事儿,水道不通,路灯不亮,垃圾乱扔,马路有坑,它一登,很快就解决了,百姓能不高兴吗?

常听人说,"这事得给"百姓热线"打电话,它一管准行"。一个小伙鱼钩缠在树枝上头,就把多粗的树枝给撅断了。当时几个人说他,他不仅不听还可横。我气不过,给"百姓热线"打了个电话,不出10分钟,记者带着相机骑着摩托来了。那个小伙子立马儿软了,赶快检讨。

我家门口街上搭了许多生意棚,乱,又影响交通。办事处出布告3个月都不拆。给"百姓热线"打电话,第二天登了不到100字,棚子很快拆了。

咱开封的几件大事,像大梁门怎么恢复、开封府建在哪里,《汴梁晚报》可起了大作用……

上面这些基本是实录。当然有鼓励之意,但总是清楚无误地说明群众是很喜欢这张报纸的。

我和开封市委李艳萍副书记有一次促膝畅谈。艳萍同志分管新闻工作,说起《开封日报》和《汴梁晚报》的人和事儿,如数家珍,娓娓道来,随和亲切。

日报也好,晚报也好,都必须宣传党的路线方针政策,都必须坚持正确的舆论导向,这是什么时候都一点不能动摇的。不过要根据本报的性质,发挥优势,办出特点,相互补充,各尽其责。《汴梁晚报》更注意"三贴近",通过报道群众身边的人和事儿,让群众自下而上体会、理解党的方针政策;关心群众,体贴群众,帮助群众解决困难,化解矛盾,增强凝聚力;记者经常在基层跑,和群众交朋友,抓鲜活新闻。他们做得很认真,效果比较好,市委和市政府对我们这两种报纸都很满意。

他们不仅思想重视,还肯动脑子、会想点子,注意策划。晚报的许多版,如《百姓报道》《街道·社区》,许多专栏,如《百姓热线》《市民论坛》等,群众都很喜欢。他们搞了许多活动,如讨论开封府建在哪里、向温州人学习什么、帮助下岗职工、救助贫困大学生、抗击"非典"、正确引导突发事件等等,都发挥了独特的作用。

晚报注意各个不同层次读者的需求,引导和吸引各方面群众。但是品位是高的,不搞低级庸俗。群众喜欢看,觉得是自己的报纸,有看头,帮他们解决问题,很亲切。我也喜欢,天天必看。我知道我们书记、市长都非常关心报纸,支持报纸,也是天天必看。

三、有明显成效的八个方面

《汴梁晚报》有关"三贴近"的宣传报道是多方面的,既有市委、市政府的中心工作,开封经济和社会发展的重大问题,也有社会热点、突发事件,更有百姓天天遇到的难事、愁事、烦事。有一种看法,认为群众身边的具体问题好"三贴近",重大问题,特别是政治性、政策性很强的问题,难以"三贴近"。《汴梁晚报》领导认为,关键不在于是哪方面的问题,而在于能不能找到恰当的切入点,恰当的方式方法,应该在这方面多下工夫。该报长期坚持、成效明显的"三贴近"宣传报道,可以举出以下几个方面。

(一)群众关心、党政重视的中心工作。晚报坚持在群众关心、党政重视之间寻找结合点,既解决群众的实际问题,又让党委、政府满意。例如人大、政协两会报道,开了《热线记者跑两会》专栏,平时难以解决的问题,直接找有关的人大代表、政协委员,促成问题的解决,受到市民的欢迎和人大、政协的肯定。

今年抗击"非典"的斗争,《汴梁晚报》发挥了独特的作用。在讲究分寸和步骤,把握力度和趋势的同时,晚报特别强调科学化、人情化,让基层群众看得懂、喜欢看。4月27日到6月3日,晚报共推出50多个抗击"非典"专版,分10天刊发《防治"非典"100问》;发表抗击"非典"报道近2000篇;开辟了《防治"非典"专家信箱》,请专家解答各种问题。抗击"非典"期间,有一位女同志给晚报打电话,问小孩儿是送幼儿园好,还是放在家里好,可见晚报在她心目中的位置。

(二)开封经济社会发展中的共性问题。创业精神不足,民营经济弱小,是影响开封发展的重要原因之一。今年一二月间,晚报连续发表9篇介绍温州人解放思想、干事创业的文章;接着发表10篇读《我眼中的温州人》引发的讨论。鉴于温州人在开封创业做生意的上万,几乎垄断了开封的一些行业,晚报又以"在开封的温州人"为总题发表6篇文章,介绍为什么温州人能在开封创业成功,温州人在开封是怎么干的。以上3组报道受到市委和市政府的好评,在群众中产生了强烈的反响。

(三)大家关注的城市建设热点问题。重建开封府是社会各界关注的大问题。1999年重建开封府工程写进市政府工作报告。有关方面选定的府址,不少有识之士却不认同。为了集思广益,不留历史遗憾,《汴梁晚报》组织了专题讨论。发表的几十篇来稿、来信,多数认为初选府址虽然所需拆迁资金较少,但是,距历史上的开封府旧址太远,又不利于景点布局和新景区的开发。有关方面再次论证,最后改在包公东湖北岸。现在新开封府已经成为一处新的景区。

(四)群众广泛关注的社会突发事件。去年"十一"黄金周,开封市出租车司机罢运。对于这种尖锐复杂、十分敏感的问题,《汴梁晚报》没有回避,而是勇敢参与。他们首先请优秀出租车司机说心里话:靠出车挣钱养家糊口,本想在"黄金周"赚一把,谁料却罢运5天,心里是什么滋味?这篇《矛盾着的5天,吃不香睡不着的5天》,一下子拉近了与出租车司机的距离。接着发表的《那天,书记和市长与我们面对面》,既说出了停运司机的问题,也表明了党和政府的态度及解决方法。随后的一系列报道,对出租车司机集体罢运事件,有理解,有疏导,有批评,有解决方法。很多出租车司机和家人、广大市民,都传看那些天的晚报,认为入情入理,不讲空话套话,对于解决这一棘手问题发挥了很好的作用。

(五)经过努力可以解决的社会热点问题。再就业是《汴梁晚报》长期关注的问题。今年"五一"节前,该报与市劳动局等4单位联手举办的"读晚报找工作",就是一次成功的活动。当时由于"非典"不能聚众活动,参与此事的单位采取由有关方面联系开封及外地企业的用工信息,在《汴梁晚报》上陆续发布找到的2200多个空岗。4月26日,登有第一批空岗信息的《汴梁晚报》400多份送到劳动力市场,10分钟被一抢而空。以后的3天,1万多名下岗工先后前往咨询联系工作,1600多人与用工单位达成用工意向。

（六）弱势群众的帮扶问题。《汴梁晚报》为弱势群众做过无数好事,如帮助500多名"春蕾女童"上学,帮助20多名考上名牌大学、品学兼优的学生筹集学费,帮助30多名40年前的弃婴到江南一带寻找亲人,帮助民工讨要工钱,等等。特困户杨汉卿的妻子怀了4胞胎即将临产,无力筹措医疗费;后来,3个女婴感染轮状病毒,呕吐、腹泻。晚报多次报道他们的困难,办事处和市妇幼保健院、市儿童医院等,多次给以关怀和帮助。特别是21名郑州人组织了"爱心联盟",除当时捐钱捐物外,还和杨家及其所在社区领导签订了爱心承诺书:每年每人捐助400元钱,在孩子生日那天把钱送到杨家,一直养到4胞胎18岁。杨家及周围邻居们说:是《汴梁晚报》救了4个女娃！是那么多好心人在抚养女娃！

（七）社会广泛关注的偶发事件。去年11月11日,晚报报道一伙人冲进马道街温州人陈世烁的店里,砍伤陈及其妻子;陈的另一专卖店也遭暴徒打砸。接着报道各界群众强烈要求严惩破坏开封经营环境的不法之徒。在警方严密缉凶和强大社会压力之下,主要犯罪嫌疑人孙超投案自首（现已被捕）。外地商户和广大群众纷纷称赞晚报为开封营造良好的经营环境做了一件大好事。

（八）群众生活中的具体问题。百姓生活中的琐事,如停水断电,路灯不亮,院内积水,水道不通,马路不平,楼道肮脏,邻里不和,家庭矛盾,甚至狗叫、烟熏影响居民休息等等,只要是百姓的不便和难处,都在《汴梁晚报》的关注之内。某方面有问题,某问题已经解决的报道,打开晚报天天可见。

四、为什么能做得比较好

首先是报社党委重视,领导干部身体力行。开封日报社党委书记、社长蔡泽恩不久之前才不再兼任《汴梁晚报》总编辑,对晚报的情况自然非常熟稔。他说:《汴梁晚报》的指导思想是4句话——"潜移默化宣传政策,准确快捷传递信息,可亲可信贴近生活,多姿多态服务社会"。晚报必须宣传党的路线方针政策,坚持正确舆论导向。但是,也必须从晚报的性质出发,办出晚报特色,讲究宣传艺术,使读者喜欢看。晚报大多数是自费订阅,读者不喜欢,谁肯花钱买?高高在上的说教,能达到潜移默化的目的吗?信息量小,或者不可信,常是迟到新闻,基层和百姓能喜欢吗?形式单调、刻板枯燥能"三贴近"吗?特别是市级晚报,"三贴近"是优势所在,希望所在。不走这条路,那是死路一条。我们不敢说做得很好,还有不少方面我们并不满意。但是,对这条路我们党委是认得准,脚步实,一点不含糊的。

主持《汴梁晚报》日常工作的《开封日报》副总编辑兼晚报社总编辑王正人说:《汴梁晚报》姓汴梁,名百姓,要在党的新闻工作方针指引下,在市委的领导和指导下,从汴梁的实际出发,发掘汴梁的新闻资源,为汴梁百姓服务,办一种汴梁百姓报纸。要咬定汴梁不放松,时刻不忘老百姓。百姓第一,百姓的事第一,百姓关心的事第一。在实际工作中我们体会到,"三贴近"是生存之道,发展之道,否则无立足之地。不能领导强调了才"三贴近",读者提意见了才"三贴近",必须长期不懈坚持"三贴近",而且随着形势的发展不断创新。这既是长期目标,也是报纸每天的要求,必须经常对照,经常检查,经常强调。我这人经常讲我们的毛病,"三贴近"还有不少地方没做到位。我们当总编辑的、当主任的,首先要身体力行,把这个抓紧,不能缺位失职。

其次是全社形成了共识。在实践中总结正反两方面的经验,"三贴近"是报纸的大局,是报社的大局,已经成了全社的共识。不仅采编人员重视"三贴近",经营人员同样重视"三贴近"。广告部戴晓翔主任说:报纸"三贴近",读者喜欢看,才能占领市场。报纸越"三贴近",社会效益和经济效益越好。脱离实际,脱离群众,读者不喜欢的报纸,难死经营人员也不会有好的效益。

第三是落实到各类工作人员。每个记者既要跑线,又要跑点。"点",即街道办事处所辖的街道、社区。跑点的记者被群众亲切地称为"片儿记"。每天报纸中缝都公布所有记者的分工、电话和手机号码,以便读者联系并监督。经营人员有其特殊优势,也要充分发挥其作用。广告人员就经常向《彩市》和《房地产业》专版提供信息。投递员天天走街串巷,也反映了许多有价值的信息。

第四是版面有保证。一是版面设计方案就突出"三贴近"。陈剑平副总编说:报纸是"大众传媒",既有"大众"共性的需求,又有"小众"个性的需求。"小众"者,某一方面、某一群体读者之谓也。如果说新闻版是为"大众"而设,专版和副刊则可以说是为"小众"而设。例如,专版中的《财富前沿》是要贴近在社会上比例日渐增大的中产阶层,引导他们了解政策,研究市场,诚信经营,既要发财,又有益于社会。《市场消费》是要贴近普通市民,引导他们科学消费,会花钱,能省钱,会过日子,过好日子。二是各版刊出既有相对固定的计划,又有根据新闻需要灵活机动的调整。这样就能保证"三贴近"的鲜活报道尽早和读者见面。

第五是有一套好机制。一是信息采、受机制。《汴梁晚报》采编工作的定位是:沉下去找新闻,自下而上找新闻。采编人员的座右铭是:关心最需要关心的人,帮助最需要帮助的人;办公室里出不了好记者。在座谈会上,记者杨柳村说:我的分工是商业、私企、环保、畜牧,以及鼓楼区所辖 24 个社区。我每周都要跑三四个社区,不仅找社区干部,更注意和居民交朋友,从聊天中发现新闻。其他记者也是这样做的。

采编人员无论是在外采访,还是在社内工作,凡是群众来找都必须热情接待。广告、发行人员也把主动接受并及时反映信息和做好本职工作有机结合起来。报社有个部门名叫"百姓热线",天天专门有值班人员接听读者电话,并认真记录,及时处理。还有个"总编辑热线",每月第一个工作日上午由总编辑亲自接听读者电话。又有"新闻招手停"采访专车,在街上采访并接待读者。

二是信息处理机制。无论哪个部门、哪类人员采访、接受的信息都必须按照有关规定及时处理。简单可信的立即写稿;需要核实、调查的,安排记者采访;如遇重大新闻线索,则认真策划,组织实施。

三是及时见报机制。和采、受信息相对应的有相关版面和专栏,新闻能够及时和读者见面。这里介绍几个专栏:"百姓热线"处理的百姓生活中的具体新闻,由《百姓热线》专栏刊登,一事一条,一般几十字、百把字。"片儿记"发来的"家长里短",由《直通社区》专栏发表,也是一事一报的小豆腐干。和"新闻招手停"新闻车相对应的则有《新闻招手停》专栏,它是省评名牌栏目。

四是反馈实效机制。报道群众遇到的问题,是为了帮助群众和有关部门及时把问题解决,以理顺群众情绪,化解社会矛盾。只报道问题不仅达不到目的,反而会有消极作用。《汴梁晚报》非常注意积极动员群众,尽量配合有关部门解决问题,并及时予以报道。

第五是市委领导有方,为报纸提供了宽松的环境。市委书记孙泉砀是新闻工作者出身,对新闻工作的特殊规律及其中甘苦,有深刻了解和切身体会。他常常强调要从开封实际出发,坚持"三贴近",力求有实效。今年春节和新闻单位座谈时,把笔尖、镜头对准群众,力求"三贴近",是他讲话的重点。他对报纸要求非常严格、明确,但如何运作则完全由报社自己去办。报纸做得好了充分肯定,有该注意的及时打招呼。市人大常委会主任、原市委书记梁绪兴,常把市里两报挂在心上,出差回来第一件事就是看两报。两位书记都善于利用报纸推动和改进工作,根据《汴梁晚报》的讨论,改变开封府的选址就是突出例子。

（原载:河南省委宣传部 2003 年《内部通讯》）

认识要达到这样的高度
——也谈"非典"带来的启示

非典型肺炎,暴发于广东,肆虐于京都,蔓延于华北,祸及大多数省区,给中华民族带来了一场灾难。好在我们中华民族有自强不息、不畏艰险的优良传统,愈是危难愈显顽强愈为奋发。在党中央的坚强领导之下,依靠科学,以另一种人民战争对"非典"聚而歼之,已经取得阶段性的伟大胜利。当然我们不敢掉以轻心,还要以万分的警觉防止"反弹"。

众说纷纭话"启示"

现在很多同志在谈论"非典"带来的启示,这说明我们不仅要完全战胜"非典"疫魔,还要把"非典"这个坏事变成好事。这种自觉性是非常可贵的。

"非典"的肆虐暴露出我们的薄弱环节和问题,总结教训,必须提高卫生和防疫知识,养成卫生习惯;必须大力提高医疗、防疫和公共卫生条件与水平;必须进一步完善卫生防疫体制,建立及时处理突发疫情的机制;必须普及科学知识,提高人们的科学观念;必须搞好和保持环境卫生,加强生态环境建设,加大这方面的投入;必须提高人们的公德意识和社会责任感;必须建立、健全信息搜集和发布的体系与机制,提高透明度;必须加快相关方面的法规和制度建设;等等。相关的议论不仅媒体连篇累牍,也是群众议论的热门话题。

毫无疑问,上面的说法都是对的。最好再往深处想一想——提到"全面建设小康社会"这一历史任务的高度去认识。

全面建设小康社会是党的十六大提出的宏伟目标。"全面小康社会"是一个新提法,它是相对于我们已经总体上达到的"小康"而言的。党的十六大报告指出:"现在达到的小康还是低水平的、不全面的、发展很不平衡的小康。"我国的生产力和科技、教育还比较落后;城乡二元经济结构还没有改变,贫困人口还为数不少;就业和社会保障压力增大;生态环境、自然资源和经济社会发展的矛盾日益突出;经济体制和其他方面的管理体制还不完善;民主法制建设和思想道德建设等方面还存在一些不容忽视的问题。

"非典"暴露出的薄弱环节和问题,的确有工作方面的,决不允许遮遮掩掩,敷衍塞责;要勇于承认,坚决克服,认真解决。实际上战胜"非典"的过程也就是解决这些问题的过程。但是,如果认为只是工作方面的问题,那实际是把问题看简单了。工作方面的问题相对说还是比较好解决的。

实事求是地说,从根本上讲,那些问题是"低水平的、不全面的、发展很不平衡的小康"这个发展阶段的现实状况,还无法解决的客观困难。这次防治"非典"能够比较快地取得阶段性的胜利,应该说"群防群治"的"人民战争"功莫大焉。为什么不能以正常的体制和机制解决"非典"问题呢?主要的也是眼下"小康"社会的经济实力、政治文化现状和人的素质水平,在这样的现实条件之下,不得不采取的非常办法。人民战争非常有效,但是"成本"很高;而且人民战争是"非常规武器",只能用于特殊时期,不能当"常规武器"经常使用。

面对今天的现实,我们不能无所作为,必须充分发挥主观能动性,不怕困难,努力工作,使"非典"暴露的问题逐步有所解决。但要求短时间内把所有问题都圆满解决,那是不现实的。

根本解决问题的途径

这里作者想说的是,"非典"最重要的启示,是再一次告诉我们必须进一步深入学习贯彻党的十六大关于全面建设小康社会的论述,要靠"全面小康社会"从根本上解决问题。

党的十六大报告指出:"我们要在本世纪头二十年,集中力量,全面建设惠及十几亿人口的更高水平的小康社会,使经济更加发展、民主更加健全、科教更加进步、文化更加繁荣、社会更加和谐、人民生活更加殷实。"报告特别强调："这次大会确立的全面建设小康社会的目标,是中国特色社会主义经济、政治、文化全面发展的目标。"

这些话值得我们联系前些年工作的实际,结合过去的经验教训,反复思考,认真领会。根据十六大报告,"全面发展"大体上有四个方面。经济上:要在优化结构提高效率的基础上,国内生产总值比2000年翻两番,基本实现现代化,建成完善的社会主义市场经济体制和更具活力、更加开放的经济体系,工农、城乡、地区差别扩大的趋势逐步扭转,社会保障体系比较健全,人民过上更加富足的生活。政治上:社会主义民主更加完善,社会主义法制更加完备,人民的政治、经济、文化权益得到切实尊重和保障。文化上:全民族的思想道德、科学文化和健康素质明显提高,形成比较完善的国民教育体系、科技和文化创新体系、全民健身和医疗卫生体系,形成全民学习、终身学习的学习型社会,促进人的全面发展。同时,可持续发展能力不断增强,生态环境得到改善,资源利用效率显著提高,促进人与自然的和谐,推动整个社会走上生产发展、生活富裕、生态良好的文明发展道路。

两个"全面"

"全面建设小康社会"是当今的主流话语,是上至高级领导、下至普通百姓的热门话题,是媒体出现频率最高的词汇之一。这说明它深得党心,最得民意。但是,并不是所有干部包括相当负责的干部对它的理解都全面,更不敢说在贯彻执行中没有偏误。对一般干部难以要求过高,领导干部特别是高级干部领会有片面,贯彻有偏误,就必然对工作带来不利的影响。从一些地方的情况看,很有必要特别强调"全面"两个大字。

首先,经济、政治、文化、可持续发展四个方面必须"全面"抓。一定要千方百计把发展经济这件大事抓好,因为我们的根本任务就是发展生产力,经济发展是各方面发展的物质基础。不这样做就违背了"以经济建设为中心"。同时,对政治、文化和可持续发展也不能有所忽视;或者对后三个方面说的也不少,抓得却不紧,落实的措施不硬。经济和社会必须协调发展,各个方面协调发展可以相互促进,否则就相互制约。"非典"暴露的问题,既有经济不发达带来的,也有经济发展和社会发展不同步问题,社会设施、文化卫生、思想道德、生态环境跟不上,某些体制和机制与现实不适应等。已经有学者指出,如果把"全面建设小康社会"的目标分解为若干具体指标,担心社会方面的指标可能要难于经济方面的指标。

其次,四个方面的每一方面也必须"全面"抓。例如,在一些地方,经济方面,重视物质经济的发展,对相关的体制建设、体系建设和社会保障有所忽视;政治方面,重视民主法制建设,对基层民主建设和保障人民的权益有所忽视;文化方面,重视科技教育,对思想道德和人的全面发展有所忽视;可持续发展方面,重视资源开发和利用,对保护生态和资源环境有所忽视;等等。所有这些都不符合全面建设小康社会的要求,都不利于全面建设小康社会的伟大事业。

说到这里,还是一句"老话":必须进一步深入学习和认真贯彻"三个代表"重要思想,随时结合实践中的情况和问题,包括"非典"带来的启示,不断深化对党的十六大全面建设小康社会的学习和认识,按照省委、省政府的要求,加快工业化、城镇化和推进农业现代化的进程,以扎实的工作一件一件、一步一步为实现伟大目标而尽心竭力! 上述目标实现了,"非典"肆虐暴露的薄弱环节和问题还不能迎刃而解吗?

(原载《河南日报》2003年7月8日)

闲话"小费"

《河南日报》7月12日刊载的《"小费"之我见》一文,引发我也想对"小费"说几句兴许有点意思的闲话。

先说什么是"小费"。我见闻不广,经事不多,极少遇到收小费之事,很难给"小费"一个准确的说法。"小费"之谓,有别于"正费",一般是"正费"之外主动加付之费。这个说法可能无大差错。老年人"打的",上下车时,司机热情搀扶,乘客认为得到额外服务,主动在车费以外加钱;在饭店用餐,服务特别周到,顾客十分满意,主动在餐费之外加钱;客人体谅服务人员,出于好心主动额外加钱……上述这些,得到额外服务、对服务特别满意、出于好心而主动额外付费的,很明显,是谓"小费"。另外,有钱的主儿为显示大款身份,啥也不为而对服务者甩出几张钞票,也可视为"小费"。

前述"小费"有几个特点。一是没有必须付费的规定;二是为付费者的主动行为,是否付费,数额多少,全由自定;三是对方不能讨要,更不能强索;四是服务一方乐意接受。

有人把使用交费厕所收钱、在地摊儿看玩意儿收钱、在火车站雇人拎东西收钱等,统统叫做"收小费",我认为是不合适的。因为,上述类似情况一般经过主管部门批准,属于正当经营;收费标准或者规定明确,或者双方面议,或者大致有个"行情"(如在地摊儿看玩意儿),这是理所该付之费。至于也存在非法经营现象,那是市场管理问题,另当别论。

至于路遇困难之人,随意周济若干,也不能叫做"小费",因为对方没有提供服务。

假设对于"小费"的上述看法大体可以,那么我认为,对于"小费"可以采取顺其自然的态度。愿意就给,不愿不给;对方乐意就接受,不愿则谢绝。各由其意,各随其便,两不相强。现在还看不出它多好,不需提倡;也看不出它多坏,不必禁止。观察一个时期,看它对于社会、对于人的精神和行为产生什么影响,然后视情况和需要而定。这样大概不会有什么坏处。

至于强索小费,不该收费而收费,把服务强加于人而索费,把收费作为助人的交换条件,等等,都是非正当经营,不正当收费,不讲社会公德的行为。它干扰正当经营,扰乱社会秩序,污染社会风气,当然必须坚决反对,甚至明令禁止。当然,更重要的是,必须对广大人民群众进行全心全意为人民服务的宣传和教育,形成助人为乐、见义勇为、扶危济困、无私奉献的良好社会风尚。这应该是我们社会的主流。

（原载《河南日报》1997 年 7 月 21 日）

舆论学研究的重要成果
——《舆论与信息》简评

"舆论"这个词儿,很多人都经常说,从事宣传和新闻工作的人,更是经常了解和研究舆论,反映和引导舆论。对于舆论的重要性,人们也都有程度不等的认识。错误舆论对1989年那场风波所起的极坏作用,正确舆论对推动今年以来改革开放潮流所起的积极作用,更是有目共睹。但是,舆论的科学定义是什么?它的本质和规律是什么?社会主义初级阶段舆论活动的基本特征是什么?这些问题,不要说一般人,就是干宣传和新闻这一行的,恐怕也有很多人难以圆满回答,甚至有的人可能从来没有去认真思考过。有的读者,特别是宣传新闻战线的一些同志可能会说:这个问题提得好,对舆论这门学科应该有所了解,甚至加以研究。可是,从哪里入手呢?您不妨读一读河南人民出版社刚出版的项德生同志的新著《舆论与信息》。

这部舆论学著作,既吸收了前人的研究成果,也颇多个人的独到见解。例如,开篇关于"舆论定义",作者引述了中国人民大学甘惜分教授,复旦大学余家宏、宁树藩,还有林枫等同志的意见,又引述了近年来一些中青年学者刘建明、杨张乔、孟小乐等提出的新的定义,并分析上述定义的一致或相近之处,分歧或差异之点,然后提出了自己的意见:"舆论,就是社会公众或集团对人们普遍关心的事态所做的公开评价。"接着又对这个定义作了认真的说明。这是科学的态度和方法,既肯定别人的贡献,又敢于提出自己的一家之言,把研究引向深入。

最能表现本书开拓精神的可能是第七、八两章。第七章是分析舆论活动基本规律的,作者把它概括为"舆论四律"。(一)对峙趋近律:同一问题或事情引发的舆论,既有不同意见的对峙和交锋,又有注意趋同和意见趋近。(二)舆论合力律:相同的意见力量相加,相反的意见力量相减,这两种力量相互融合、相互抵消后,就是这一舆论的合力。(三)舆论优化律:通过引导和控制,使舆论趋向优化状态,方向正确,符合民意,起进步作用。(四)舆论周期律:包含舆论过程的阶段性和维持期、舆论中心的转移和交替、某种性质相近的舆论周期性的再现。第八章对社会主义社会舆论现象的本质及社会主义初级阶段舆论活动的基本特征,作了比较深入的探讨和概括,还提出了五项舆论对策。舆论活动的基本规律、社会主义初级阶段舆论活动的基本特征,是舆论学中的重要问题。以往的舆论学论著对它的研究不系统,欠全面,特别是后者。

本书关于上述问题的论述,当然不能说就是定论,还需继续讨论。但作者的探索无疑很有价值,这种开拓精神更是可贵的。

舆论学又称新闻哲学,理论性很强。为了达到应有的理论深度而又说理透辟,就必须注意方法论。本书以马克思主义哲学作为方法论的基础,辩证思维方法和现代科学(主要是系统论、控制论、信息论)方法相结合,逻辑比较严密。许多问题的论述是引入数学方法,既有定性分析,又有定量分析,如用函数式表示舆论场强、舆论强度、舆论场能量等。

《舆论与信息》虽然理论性很强,但除了少数章节,如用公式表示的部分之外,总的说并不枯燥难懂,某些部分读者还饶有兴味。重要的原因之一是紧密联系实际,深入浅出。大量理论观点,或者从分析人们身边的事情中引发出来,或者以明白易懂的事实来论证阐明,而且在联系实际时,分析了许多现实问题,甚至是敏感问题、热点问题,使读者在弄清某个理论观点的同时,潜移默化地受到正确引导和启发。这种学风很值得提倡。

中国的舆论学是一门年轻学科,还处在建设阶段。本书的结构和某些观点,以及论证方法和表述方式,仍有可商榷之处。随着这门学科的发展,有的可能需要补充或修正。但作为舆论学研究的一个重要成果,它肯定会对舆论学的发展起积极的推动作用;对于从事宣传新闻工作的同志,也会有所启发,从中受到教益。

(原载《河南日报》1992年10月28日)

关于青少年出走问题之我见

一个成功的宣传战役

去年11月中旬到年底,《东方家庭报》组织了一个很有影响的宣传战役,这就是关于陈星离家弃学出走的报道。陈星(化名),郑州某重点中学初三学生,15岁,10月6日夜里离家出走。由于他在留下的信中叮嘱不要声张,否则他还家的可能性更小,陈星的家长直到一个多月之后,才同意媒体披露此事。

11月13日,《东方家庭报》首次报道了陈星出走的消息,同时刊发了陈星留下的信和陈星家长给他的信。第二天该报发表记者致陈星的信。陈星出走,引起社会各界的广泛关注和关怀,该报对此做了比较充分的报道。有的提供线索帮助寻找;有的好心同陈星对话;有的安慰陈星家长;更多的人探讨青少年出走的原因,以及如何解决这个问题。《东方家庭报》记者还专程前往开封、武汉寻找陈星,两地媒体曾经积极配合互动。

12月24日,《东方家庭报》报道陈星返家,"母子喜极而泣",同时刊发陈星在外期间的部分日记,关于陈星的报道由此进入又一阶段。如何尽快平稳度过出走孩子返家的敏感期,成为大家关心的问题。该报又分别报道曾经出走过的孩子现身说法,各界人士包括专家、家长和老师的分析与建议。

这组报道连续见报17期,于12月29日结束。它反映了社会各界对陈星、对青少年出走现象的关怀,对探讨和解决这一问题的急迫心情,也表现了《东方家庭报》对这个问题的新闻敏感,对家庭和青少年的强烈责任。这是一个非常敏感、非常复杂的问题,我认为《东方家庭报》对它的引导、把握是比较好的,对顺利解决陈星问题,对家庭、青少年学生、学校和社会关注这一问题,互相配合力求使这问题有所解决,发挥了很好的作用。

对青少年出走的粗浅分析

陈星回家了,关于陈星的报道也圆满结束了。但是,如何解决青少年离家出走,还是个沉甸甸的现实问题。在这里我想把陈星作为典型谈一些看法。陈星是化名,而且他还处在"敏感期",不便干扰,只能就《东方家庭报》披露的陈星离家前留下的信和"出走日记"作粗浅分析。

陈星在原来的学校成绩一直是班上前5名,转入重点中学以后较快由40多名上升到前20名。出走后在困难的条件下还想着学习,到书店看书,到河大听讲座,说明他是个好学的孩子。他热爱父母,出走期间一直惦念家庭。他心地善良,有正义感,把摔倒的盲人老大爷护送回家,看不惯赚不义之财的行为。关心国家大事,日记里专门记了当前的台湾和平统一问题。有一定谋生和交际能力,在外两个多月,靠打工解决了温饱,还交了几个好友。对问题有自己的见解,有追求,比较自信,"想寻找一个属于我自己的、宽松的、没有那些沉重压力的空间";"我要证明给他们看,我会成功的"。懂道理,留给家长的信里反复叮嘱要"正确对待"自己的出走;"认为人应该多一些经历来丰富自己的人生……不能遇到困难就逃避";听刘墉讲不能全盘否定考试制度以后,认识到"自己的行为有些偏激了"。总之,陈星是个好孩子、好学生,很有前途。

当然,陈星和他的同龄人一样,也难免稚嫩。有追求,但不一定符合实际;自尊、自信和爱面子混在一起,区分不开;厌恶不好的事物,但又把握不好分寸,由数学老师的一次"不公"就不想学数学课;虽然理解父母的疼爱和好心,却错误地以更过激对过激;切身感受到学校教育的弊端,却不知道问题的复杂性,选择了完全错误的对抗方式。

使陈星这些青少年学生感到压抑、难以适应的主要是学校、教育制度方面的问题和家庭问题。其实还有社会教育问题,因为陈星这个典型对于这方面涉及不多,这个问题又更为复杂,所以这里不谈。学校和家庭的问题可以粗分为以下两类。

第一类是短期无法根本解决的问题。学校教育方面,如人人挤重点学校、挤高等学校,由此派生的应试教育的弊端,很多人都清楚地看到了,有关主管部门一再反复强令改正。不能说没有效果,但收效不太理想恐怕是事实。不是哪个人、哪个部门、哪个学校不想改,是学校发展不平衡、接受高等教育的机会少、就业压力沉重、社会竞争日趋激烈而刚从计划体制下走出来的人们难以适应造成的。在这些问题解决之前,不可能根本解决。不仅中国无法根本解决,很多国家同样存在类似问题。但是并非不可能逐步有所解决,事实上有些学校就不那么严重。但愿所有学校都不要强调客观因素,要看到问题的严重性,充分发挥主观能动性,尽最大努力,克服困难,认真地、锲而不舍地一点一点去解决。

家庭方面,比较突出、比较普遍的是期望过高,要求过严,人人都想让自己的孩子上重点学校,成为国家栋梁之才;不尊重孩子,家长制作风,不愿意了解孩子,不能和孩子平等地交流沟通;不了解青少年的特点,不讲究方法,导致孩子的逆反心理;等等。在前述客观环境下,加上文化欠发达背景下家长没有教育学、心理学的素养,短期内也很难使所有家庭彻底改观。但是,和学校教育一样,也是可以有所改进的,而且改进的可能和空间更大。事实上不少家长在这方面做得是比较好的。

第二类是经过努力可以避免的问题。在这方面老师(主要是中小学)和家长有许多类似的情况。例如,抓住学生某个错事或缺点不放,一有机会就攻其一点,不及其余;厌恶学生,对学生讽刺挖苦,甚至人身攻击;态度粗暴,以污言秽语诟骂学生,甚至动手动脚,侮辱学生人格;在学生遇到重大困难或压力时,不仅不表示理解,给予帮助,反而施加更大的压力。总之,由于老师和家长的不当,使学生由无望、无奈、苦恼,发展到厌烦、绝望、对抗的境地,只好离家弃学出走。

上述两种情况都是学生出走的原因。认真分析一下,哪一种是主要原因呢?一般来说是后一种。第一种情况带有普遍性,不利于学生的身心发育,很多学生有程度不等的意见,甚至是不满,但一般不至于到离家出走,毕竟离家出走的学生是个别的。往往是加上第二种情况才把学生推出了家门。除了特殊情况,不到学生认为已是万般无奈,他决不会离开家庭的。

以陈星为例,他对数学老师很有意见,"厌倦这种教育方式";爸爸要求"每次考试名次都要有提前"这种不合情理的"死规定",使他感到无奈,"爸妈的爱已经成了我的负担"。这些都属第一种原因,它使陈星反感、无奈,但这种情况已非一日,可陈星还在学校学习。直到一次考试成绩没达到要求,"爸爸火冒三丈,劈头盖脸就是一顿臭骂";国庆节假期又被迫"在家做了3天复习题";10月6日"想依偎在妈妈身边谈谈心",又挨了爸爸一顿吵。自尊、爱面子的陈星，在极度压力之下再受到更大压力，才于当夜出走。这就清楚地说明第二种原因的推波助澜，起了主要的作用。

以上的分析笔者认为是有益处的。一些人认为学生出走难以解决，往往是把以上两种原因混在一起，不加区分。上述分析告诉我们，只看到第一种原因，或一味强调、不适当地夸大第一种原因，就难免失去解决这个问题的信心。如果承认第二种原因更为主要，学校和家庭相互配合，都既努力使第一方面逐步有所缓和，同时特别努力在可以有所作为的第二方面下大工夫，提出严格可行的具体要求，持之以恒，中小学生离家弃学出走问题，一定可以逐步减少，乃至基本杜绝。

有话说给工人听

本期刊物送到读者面前时,正是5月花季。农历初夏,鲜花争艳,百草繁茂,大自然一派生机盎然。这个月份,对于工人阶级有特殊的意义,5月1日,是全世界工人阶级和劳动人民团结战斗的节日。

新中国建立以后,工人阶级由被压迫、被剥削的苦力变为领导阶级,"工人"是令人骄傲的称谓,工人走到哪里,腰板都是挺直的。

随着改革开放的推进,特别是最近几年,出现了一些过去没有的现象:工人下岗失业,工资减发停发;一些工人给外资企业或私企干活,不再有国企或集体企业职工的身份;等等。于是有人产生了疑问:工人阶级的地位是不是变了?我们要明确回答:在社会主义中国,工人阶级的地位没有变!

首先,"工人阶级"是"阶级"概念,工人阶级领导不是哪个或哪些工人领导。它是通过自己的政党——中国共产党实现对国家的领导的。其次,全心全意依靠工人阶级,切实保护工人的合法权利,这和中国共产党的领导地位一样,我国宪法和法律都有明确具体的规定。各级党委、政府和工会及其他组织,也很注意发挥工人的作用,保护工人的权益。再次,工人阶级目前在我国很有地位,受到社会和人们的尊重。各级党代会、人代会、政协会及其常委会,都有规定数量的工人代表。从中央到各级党委、政府,都注意隆重表彰工人英模。近几年表彰的包起帆、徐虎和我省的张玮等,几乎家喻户晓,为人尊敬。

那么,为什么有人产生上述疑问呢?

第一,过去对工人阶级领导的宣传有片面之处,存在严重的唯成分论。如"文化大革命"中的"工人阶级领导一切","工宣队"可以抛开党委、政府,几个人包揽万端。对人的使用和评价,主要不是看表现,而是看出身成分。长期受此影响,一些人视谬误为真理,以反常为正常。思想上拨乱反正不彻底,时有"不顺"之感。

第二,一些干部,包括有的领导干部,党性不强,水平不高,作风不纯,依靠工人阶级的观念淡薄,对工人的合法权利保护不力。个别人甚至腐败堕落,以企业为私产,视工人如草芥,骑在工人头上,作威作福。一些人把行政首长负责制和依靠工人阶级对立起来,家长作风,独断专行。有的工会组织不切实代表群众,维护工人权益,等等。

第三，不理解改革和建设也必须付出代价和牺牲。廓清了唯成分论的影响，知识分子政策的落实，现代企业管理制度的推行，一些工人产生了"失落感"。随着改革的深化，一些工人下岗失业，生活遇到困难，等等。在改革和建设中，工人还要作出牺牲，没料到，想不通。

其实，小平同志早就说得很透了：改革也是革命！改革虽然不会牺牲那么多人，其深度和复杂性可能要超过夺取政权的革命，怎么可能没有代价和牺牲呢！我们不要只看到改革带来的暂时困难和问题，更要看到它给国家和包括工人在内的人民群众带来前所未有的好处，还要看到眼前的牺牲必然要换来巨大的报偿，社会主义市场经济体制完全建立之后，中国将会有更大的发展和繁荣，工人阶级和全体人民的日子会过得越来越好。

工人同志们，发扬光荣传统和顾全大局的精神，正确对待工作中的缺点和问题，依法并用妥当的手段争取和维护自己的合法权益，克服困难，振奋精神，投身国企改革和社会主义现代化建设的伟大事业，为国家、阶级和个人更美好的明天而奋斗！

因小失大的蠢事干不得
——从禁止发菜市场说起

据报道,2008年7月15日,我国最大的发菜集散地——宁夏同心县发菜市场关闭。这标志着发菜退出了流通市场。我为这项遏制破坏生态环境的行为击掌叫好!

发菜是国家重点保护的野生固沙植物,在保护生态环境和草原资源,防止沙漠化等方面起着重要作用。最近十几年,一些人以发菜为"发财",图个吉利,使这种既无营养价值又无多好味道的东西身价百倍,每公斤收购价高达200多元。于是一些地方竟把采集发菜作为扶贫开发项目大加发展。近年来,仅宁夏南部山区累计就有16万人次的农民采集发菜。内蒙古草原少数牧民将发菜连根拔起,导致生态环境严重破坏。有资料说,加工2两发菜要毁掉相当于16个足球场面积的草原。今年来沙尘暴屡次光顾北方城市,这与内蒙古、宁夏、甘肃一带沙化土地增多不无关系。少数倒腾发菜的人发了财,治理沙化土地,使其反沙为绿,国家可要破大财。因小失大,惜哉痛哉!

令人欣慰的是,国务院6月下旬通知明令禁止采集和销售发菜,有关政府和部门积极落实。我国最大的两个消费、销售发菜的市场广东和香港,已经采取果断措施,严厉禁止。宁夏回族自治区政府提出了"要千里大草原,不要眼前小利益"的号召,坚决将发菜从"宁夏五宝"中除名。

由要"小利益"到要"大草原",说明我们吃亏之后变聪明了。还应该举一反三,有没有地方还在干这种蠢事?要处理好眼前利益和长远利益的关系,处理好发展经济和保护生态环境的关系。为求一时效益而牺牲长远利益、牺牲生态环境的各种蠢事,可再也不能干了!

后　记

时光不能倒流,可我脑海中的时光却逆向而行。2004年9月5日,一场劫难(做颈动脉手术中出现了脑溢血)从天而降,死神拉住了我的手。家人、朋友声声呼唤我回来,医生紧紧握住我的手不放。死神妥协了,我与死神擦肩而过,死而复生,又回到了人间。几年的休养生息,我感悟到生命的脆弱与宝贵。人活着就会有思维,往事一幕幕不停地展现在头脑中。最多出现的画面,是恩师、家人、朋友对我说:"不要忘记无怨无悔的过去,要看到光明美好的前景。你还有许多原定的事情没有完成,你可以做、能够做,坚强起来,切记有志者事竟成。"有了自信,就有了追求。于是,我打开书柜,翻阅封存的文章,沉浸在难忘的回忆中。

今年的一天,北师大历史系校友、大象出版社社长兼总编辑耿相新和《寻根》杂志主编郑强胜两位来看望我,并给我送来耿相新的新著《中国简帛书籍史》。我们促膝畅谈师友们的治学与成就,

他俩激励我出本书,留住岁月的记忆。联想到几年来,家人一直劝说我,多思考,多动脑,不只是阅读,要背诵,写东西,让大脑的功能尽快恢复。功夫不负有心人。于是乎,我萌发了出书的想法。

要出书,从何入手呢?由近及远吧。1990年,我怀着忐忑的心情调入河南日报社工作。1995年,到省人大,直到2004年退休。这期间,考察访问过一些国家和地区,写了一些纪实和感知的文章。就从这段时间编排整理吧。有了既定目标,经过一段时间的收集、剪接、分类,捋出了初稿。我想谨以此书,作为我劫难复生的答卷,75岁寿辰的献礼,给家人和朋友留作纪念。

王继兴先生是我的同事,曾任《河南日报》编委委员、《大河报》总编辑兼《漫画月刊》主编。在身体欠佳的情况下,欣然为本书作序,为本书命名,实属锦上添花、画龙点睛。相新殷切的鼓励,增强了我出书的勇气。责编强胜为我做嫁衣,使该书的版式、装帧等尽善尽美。老伴吴淑文是我北师大同班同学,她帮助我做了许多具体工作。没有他们的鼎力相助,该书难以问世。语言难以表达我由衷的谢意,我向他们致以诚挚的敬礼,深深的鞠躬!

杨凤阁
2011年10月